小林幹也歌集

SUNAGOYA SHOBO

現代短歌文庫

砂子屋書房

小林幹也歌集☆目次

『裸子植物』（全篇）

歌論・エッセイ

解説

小林幹也歌集

『裸子植物』（全篇）

裸子植物

星祭その喧騒より抜け落ちて裸子植物のごとき寂しさ

百貨店屋上にある「楽園」の錆は銀河の水の滴り

灰が舞ふ宇宙空間漂流す地球のメロディロにくはえて

山林警備隊の曾祖父の遭難は虹のかけらの散らばる夜に

蒲公英《たんぽぽ》の花瓣《かべん》はパンク・ロッカーの睫毛《まつげ》黄色に染めたるに似て

貝殻の化石を砕け不登校少年の目を見開くために

つひに隠花植物図鑑一巻を暗記して痩せほそるか次男は

夕暮の病院村に吹く風は宮沢賢治風の味付け

日雇ひの女給の脹《ふく》ら脛《はぎ》すらも売却済なり料亭「羚羊《かもしか》」

CDのケースが砂に埋もれたり異星の客はつひに来たらず

木星の郵便番号忘れたりジャムバディスタ・デラ・ポルタ

絶滅種数へ切れずにぬばたまの夜空の罅《ひび》を彗星と呼ぶ

悲しみも届かぬ空中庭園に機械戦士の墓場はありや

抜歯後の頬の痺れはカムチャッカ半島に棲む妖精の声

「言葉いづこに流れ奔るや」空心町二丁目の電停も滅びて

記憶の浜

祖父の霊浮かびて沈むクーラーのなかりし夏の記憶のふちに

アスファルトの照返し受け風鈴屋のひとり娘は蒸発したり

悔恨は記憶の浜の引き潮かわが足跡が赤裸々過ぎて

「幾夜わが足跡波にさらはるる」鬼界島《きかいがじま》で呟く俊寛

ピアニストの凍死は去年《こぞ》のことながら歯茎に染むるイチゴのソルベ

元素周期乱るる夜にはフォンタナの「切傷」向けて風ぞ流るる

愛犬と「浜辺の掟」捏造し若大将の夏は始まる

扇風機速くまはれどグラビアのヌード写真をめくれずにゐる

欠陥がロマンになりてやや苦《にが》し母の時代のファンタ・グレープ

トリトンを招霊するや潮風はビーチバレーのネット揺るがし

風見鶏いづこを向くかポー詩集防空壕のなかで閉ぢれば

ともしびの消ゆるたまゆら浮かびたる古き玩具の秘むる寂しさ

改宗に迷ふ枕に置き去らん芳一の耳のフォルマリン漬け

吊り革は皆、贋革の車内にて河童の国の戒律失念

海豚ショウ司会者発狂降板を告ぐる水族館内放送

金魚鉢のごとき器《うつは》にイチゴパフェ盛られて恋の初めに寒し

語尾変化にもたつく語学教育と駑馬ゼーロンの憂鬱な眉

小学六年の娘の発育は樹液を啜る蟬のごとし

水滴が映す無数の失恋と失恋の間《ま》の淡き叙情を

不摂生たまる晩夏にすずしきは二重まぶたの女医のまばたき

砂山を崩す占ひをはるころ未来は飽和状態にある

雨傘が汗かく朝は植木屋の匂ひほのかに主張し始むる

貝殻を閉ぢて祈ればシャガールの生涯こぼれ落ちたり、晩夏

モネの絵はがき

ナルキッソス神話を引用し損ふコピー硝子の汚れのために

声高に話す八百屋のおばさんを母と決めたり五月、日曜

歩道橋上より路線バスの背の表情見たり五月雨の淵

郷愁よ、小雨のパン屋横丁に洗顔中のあぢさゐの花

早春に湾岸道路を跨ぎたき　歩道橋用予算が不足

雨の日に日時計の針置き去りに夏の匂ひは先行したり

診察の順を待ちつつモリエール劇の台詞が気になり始む

ちはやぶる神戸元町通り過ぎ巡査部長は追跡断念

三重県のすずしき風の吹く町よりモネの絵はがきが送られて来た

マッチ擦る手つき真似つつ仙台のメリメ読みゐし少女を思ふ

ホームより未知なる世《よ》への誘《いざな》ひか乗つてゆきたし「この駅止まり」

中仙道追分一の美少女はドストエフスキイ読む遊女なり

硫黄ガス真下に臨み「箱根ロープウェイ」ごとり揺るぐたまゆら

バリトンを天日干しする海岸にうつぶして死ぬ海亀一家

駆落ちの前夜の夢に土蔵裏かさかさ揺るぐすすきとなれり

札幌の語源は「サッポー」射干玉の黒き肌持つギリシャの詩人

ゴミ収集車に忍び込み脱獄す缶の麒麟が閉館後に

「快楽の園」の中央パネルから叔母の視線は
わが頬にずれ

遊廓のステンドグラスの割れる夢、次郎を
寝かしつけたる後に

美容師のうなじに情欲湧かせつつサ行動詞
の活用暗唱

復刻の晶子歌集の本の帯その陰《かげ》見むと解い
てしまへり

うたたねの肘から落つる倒壊を警告するか
カフカ『審判』

洒落者の毒舌鈍り落鮎の尾ひれも婚姻色に
黄ばみつ

芥川龍之介作『歯車』を読みかけのまま明
日は抜歯に

たらちねの母に秘密を持ちし日のうすべに
の影、ホフマンを読む

ライプニッツ哲学のそりのそり書くチョー
クの先をたどつてゐたり

借りものの鷗外選集読みながら真昼の列車
に揺られつつあり

レイキャビクのトイレで凍死せし祖父を偲び今宵は北ウィング

境内に吊せし絵馬をゼーロンと名付けて去らん師走の朝に

大晦日洗ひ落とせぬ茶渋否昔の恋が精算できぬ

境内の自動おみくじ売場には濡れたる傘が常に三本

糊づけの襟に寝取られ春の裏われのみ残るキャンパス・ライフ

跡地といふトポス

革命後本土に積もる初雪と喪服の裾の綻び加減

骨牌《かるた》その「骨」の部分を捲《めく》りゆく戦争未亡人の寄合

卓上燈、傘に埃の層ありて原爆投下地点を照らす

「本土」とはいかなる土地ぞ?　公文式計算法の花びらに問ふ

日本兵残し撃ち止めクアラルンプールのクリアランスセールは

風琴の調べは兵器工場の跡地に風がやすらぐやうに

日章旗その「日」がころり抜け落ちて以後盲目の兎男爵

断食の果てに響くはハライソへ寄する波調の戦争ワルツ

同志愛抑ふれど今日もパレットの上につくれず純潔の赤

武士道の復唱空転、白魚のごとき肌持つ捕虜かかへては

卯の花のまぼろしを見てレントゲン室に羽衣忘るる天女

武家屋敷の隅に転がる指人形気付かぬままに相続したり

ラヴ・ホテル街の夜景が病院の便所の窓に映るも慰藉《ゐしや》か

ポートワインその広告がほんのりと日に焼けてゆく地下鉄出口

お見合ひの席にて隠す推敲の痕ばかりある
恋愛観を

春霞疎水に奔るきらめきは古都にて絶えし
兵士のこころ

日常より脱する翼折り畳む　通勤鞄に傘し
まふたび

ストリッパーのスリッパ楽屋の扉にて挾ま
れ天の岩戸の閉門

愛はまた吸ひつくされて炎天下蟋蟀一歩死
に近附きつ

原爆忌ドイツで迎へたる年の日差しが解雇
通知を照らす

白樺の蔭にたたずみリヒャルト・ゾルゲ待
ちゐし高原老婆

「さらばさらば」は明日を跳ばして言ふ言
葉、積乱雲が豪雨を呼びつつ

弱音にて結ぶ

食塩の壜が映すは収容所にて流されし子ら
の魂

捜査進展それが血染めになるためにユダヤ
語読唇術は封印

ヒトラーの髭昨夜より湿り気を帯ぶ落丁の
『わが闘争』に

人骨のかけらはベルゲン・ベルゼンの追悼
曲の音符に変はる

敗戦後もポプラ並木は風に耐へ海兵隊のご
とく整列

「ベルリンの天使」は作業服を着て羽根捥《も》ぎ
とられたる痕《あと》隠す

「ブロッケンの妖怪」集《つど》ひ山頂のソビエト
電波探知機《レーダー》故障が続く

「死の花」と言はるる菫、収容所跡地を囲み
満開に咲け

狂王に愛でられし日を弱音《じゃくおん》にて結ぶはワー
グナーの生涯

青年の夢は混濁ノイシュヴァンシュタイン城の窓も曇りて

ルートヴィヒ二世の水死体が浮く涙湖《るいこ》の水を濁らせながら

消えつつある麦酒《ビール》の泡を眺めをり『うたかたの記』の舞台に坐して

独逸語《ドイツご》にて独言《ひとりごと》繰返しつつ医師鷗外は停滞したり

梅林に母の逃げ去る影を見るカスパー・ハウザー伝は読みさし

ファウスト邸の屋根曙に照らされて魔界の門は掻き消されたり

聖堂の鐘の輪唱狂ふころホフマン像は朝日を浴びる

小夜過ぎて黒猫亭への石畳古都の歩みは緩慢なもの

ホフマンの本に閉ぢらるる町を猫背の君が横切らば雨

魔界護符製作中の奴隷小屋覗く　ゲーテは小皺を寄せて

ホフマンの部屋は屋根裏そこからは来世に
無線が通じてゐたり

餅肌へそそぐ視線を制限しプロシア王は執
務中です

天窓より旧家の痴情覗きたり「牡猫ムル」
の作者に扮し

ヴァルトヴルク城の肖像囁きつ「君の背中
も押してやろうか」

ハーメルンの迷子はやがてドラキュラと呼
ばれ八重歯で血縁捜す

城壁の外に追ひたてられし日の恨みにステ
ンドグラスが曇る

緑風はシラーの睫毛戦《そよ》がせり農民戦争始む
る気配

不透明音

クリムトの葬儀が終りまどろめば闇夜に蝶
が昇天したり

ピアノその黒き肌《はだへ》にわが顔が映る悪魔の微
笑浮かべて

サリエリの嫉妬も所詮《しょせん》黒塗りの休符の間《かん》に
過《よ》ぎりしものか

少年の心を塩に漬けし日も「ザルツブルク
の神童」歌ふ

指紋だらけの不透明音！　楽器屋の硝子に
冬の風が吹き付け

離婚後の親権それは幾年も弾かるることの
なき鍵盤に

焼鳥屋を哀愁に染め串の数誤魔化したるは
禿げのパパゲーノ

親子丼序盤に出では「早食ひ選手権」有利
のドン・ジョヴァンニ

異国での朝停滞す歯磨き粉の舌触りのみや
けに気になり

クリムトへの黙禱　それは花嫁の喪服の裾
をたくしあげつつ

情熱の廃棄場までの足跡をたどればエゴ
ン・シーレの線画

薄暗き伽藍のなかの聖母像　鼻が白百合花粉に詰まる

ロザリオの珠の一つはぬばたまの黒死病原菌の足跡

現実と異界をつなぐ送電線デルヴォーの絵の夜風に揺るぐ

プライドに擦《す》り傷残す退職者帝都に雪が降り積むごとく

プラハの路地に置き忘れたりロマンスと文《ぶん》学臭《がくしゅう》の抜けざる珈琲

薄明の空まで響けデルヴォーにかつて塗り潰されし汽笛よ

ピラネージの「監獄」それは乗替の分からぬ地下鉄網への不安

病棟の螺旋階段　骸骨とともに踊りて降りゆくところ

悪夢すら心地好くなる時刻ゆゑシュニッツラーの顎鬚のびる

黒魔術図鑑にはあり「サングラス……小皺を隠す魔法の道具」

「われより先に誰が僧衣を脱ぎたるか」地獄
の僧院名簿を捲《めく》る

宮殿の奥に隠すは推敲の痕《あと》ひしめける王家
の系図

水芭蕉、かつてボッシュが絵の隅に書き落
としたる白き欲望

財産流出地図

園丁が噴水のねぢ締め忘れ石の悪鬼の嘔吐
は続く

球場の苔は二千年前にローマに降りし雨の
残り香

碧玉《サファイヤ》にやすらぐ君の横顔が埃及《エジプト》壁画の女王
に見えて

向日葵の種降る町のまなざしに壁画のイシ
ス笑ひ崩れる

宮中にバケツ持ち寄り月映しカリギュラ帝
にささげます

噴水に浸蝕されてローマ期のイモリの彫塑
身を縮めたり

暴君と占星術師の密談を盗み聴きたる真昼
の蜻蛉《あきつ》

帝王学編みしセネカの血管も切られローマ
の闇広ごれり

地図はペルシアべとり蜂蜜落としたりこれ
ぞ領土の拡張計画

ネロ帝を見取りし奴隷部屋の梁、嵐の夜に
も揺れぬと聞くが

猶太街《ゲットー》の名残《なごり》をテヴェレ川沿ひに望みタク
シー割増料金

地下墳墓《カタコンベ》案内係の前歴は伏せられ闇のなか
にて施錠

完璧は神意に反し交代に修繕さるるヴァチ
カン名画

回廊を踏みしむ靴もすすり泣く去勢歌手《カストラート》の
ソプラノ真似て

ボロニアの産婆のみ知れ名門の貴族財産流出地図

ロザリオの珠弾《はじ》きゆく指遣ひを真似《まね》たり回転式連発拳銃《リボルバー》の引き金

毒薬の一滴それはフィレンツェを独占したる家の紋章

骨牌《かるた》一枚捲《めく》る紳士が鼻歌の音程少しはづすたまゆら

アルノー川白み始めて空腹に判断にぶる胴元ありき

太股《ふともも》の太さを競ふフィレンツェの不眠がちなる修道女の群

暖炉の火燻《くす》ぶる夜も着実に侯爵婦人の寿命は縮む

醜聞を乗せればさらに船足が増すヴェネチアの朝軽やかに

恋の極みなど知らぬまま天金の回想録に歯抜け巻あり

喧騒に忘れ去られつ昨日よりヴェッキオ橋に来ざる商人

密通の手紙を籠の底に秘めオレンヂ売りの
老婆蛇行す

次の休暇指折り数へ指切らるるマフィア・
ファミリー抹消神経

シチリアに響く口笛やがてその唇に「死の
接吻」届く

コルシカの海岸線をなぞりたり指先ふいに
血が噴き出でつ

ヴィラ・アドリアーナの稚児は記録より消
され小春の温《ぬく》もりを知る

ポンペイ製灰皿の上言ひかけて言へざる言
葉堆積したり

鉄道が戦争連れて

ぬばたまの喪服の裾へ吹く風はミラボー橋
の詩人の吐息

終末戦争告ぐるラヂオの雑音は天使の羽根
の擦れ合ふ音か

エーデルワイス丘陵に咲く　鉄道が戦争連れて舞ひ戻る日も

ジプシーから譲り受けたる兜《かぶと》より匂ふはジャンヌ・ダルクの体臭

銅版画の溝に残るは赤錆か、否魔女狩に流れし血痕

ポンパドゥール夫人尻餅その音に国境線はゆがみ始める

山百合の匂ひ死体に移る頃馭者はランボー口ずさみたり

内戦後礼拝堂に迷ひ込む蛾よ神の子の軌跡をなぞれ

雑居ビル二階の鏡、返り血を必死に洗ふわれ映したり

樫の木に落下傘がからみつき謚《おくりな》あり「マリオネット中尉」

革命詩印刷工場封鎖され鳥は人を蔑《さげす》みて鳴く

骸骨がかつて纏《まと》ひし皮膚の香も知りたるドラクロアの指先

骨董店の硝子ケースに並べられ不愉快さう
なランボーの像

偽善家の仮面をもげばセザンヌの葡萄は少
し痛んでゐたり

パリ博の回廊に立つワイルドともはや名乗
らぬ人の晩年

柔らかき髭の記憶よ　ランボーは信天翁と
の同棲破棄す

タヒチにて野性縁取るゴーギャンの筆、文
明に対する砦

詩情とは悲しきものぞ夕暮の袋小路にユト
リロが立つ

パウル・クレー老年になりアルプスの山を
肌荒れ治療に道連れ

世界の破滅明日にひかへて銀杏の匂ふ小道
で求婚済ます

放射能去年《こぞ》の雪にも混りしといまさら通告
せらるるヴィヨン

幻惑と幻滅

サーカスのテントがありし芝生のみ色濃く
そこに奇形の菫

恋に殉ずるなどそのかみの夢にしてわが踏
みしだく喇叭水仙

イスパニアその幻惑と幻滅の間《ま》に血の色の
トマト転がる

古着屋の軍服昼の陽にあせて照れ臭さうに
売値をさげる

幼児《をさなご》の不眠に薬指そつと摑むジプシー女の
呪《まじな》ひ

使用期限過ぎたる口紅ばら色で馴染まぬ恋
の遺物なりけり

肋骨の数を気にせり西方の神を恐るる性転
換者

妻の愚痴聞き疲れたる窓辺よりスペイン楽
団遠ざかりゆく

脱税証拠見つけられずに捜索の打切りダリ
の麒麟を残し

鉛筆の柔らかさのみ早乙女よ心のなかの白地図に塗れ

桃の皮むき競争を母親に挑む娘の紅色の頬

一筋の真白き跡を残したる牛乳壜が不倫の証拠

ぬるま湯を注ぎて茶柱一本の嫉妬「愛妻弁当腐れ！」

沢菊はらはら散りて敗戦のサッカー選手に言葉はかけず

アトリエの隅に佇《たたず》む妹に麦の穂渡す見習い画工

早撃《はやう》ちのお尋ね者のビラを張る早刈《はやかり》理容店主の嫉妬

無口なる妻を横目に破かれたる献立表がかすかに揺るぐ

ポケットの底に煙草の粉溜めて鰥《やもめ》画伯が浴びる木漏れ日

空罐は灰皿代り、その横で画業怠る美術の教諭

恋愛を増補改訂するわけにゆかず厳冬の山脈仰ぐ

アリゲーターのごとく床這ふ妻とともに「年末さらじ大会」参加

銀河の蛇行

ターナーの描きし霧は断崖の下にとどまる死者の悔恨

睡蓮の葉裏に銀の気泡あり最期《いまは》のオフィーリアの呟き

旧友の名はホレーショー、君よりも親しき友がかつてはゐたが……

ハムレット役の栄光略奪す英国沙翁祭での黙殺

アッシャー館崩壊前夜門衛が確認したる銀河の蛇行

スカートの襞に隠すは王位への未練か？マリア・ストゥアルト殿

吸殻の口に残れる紅《べに》見れば明後日《あさって》は聖灰水曜日

庭園の裏に聳《そび》ゆる砲台はウィンザー公の恋威嚇せし

クリスチナ・ロセッティの霊魂が冬、梅林に佇《たたず》む気配

眠気から五センチむかうで文字踊るワーズワースを広ぐるたびに

寝室に香るは「夜間飛行」ゆゑ赤き点滅両翼にあり

鍾乳洞見物これも新妻の手引き岩肌湿るばかりぞ

歯磨きの後に水滴ぽつりぽつり鍾乳洞は何を食ひしか

赤錆が匂ふばかりの廃線にいまは雀が足跡残す

性欲のランプの変はる瞬間にのつそり蒸気機関車止まる

身嗜《みだしな》みやたら煩《うるさ》き伯母上に顔を背《そむ》ける向日葵《ひまわり》二輪

ワイルドの童話のなかに薔薇のみが沈黙守る庭園がある

名声が過ぎ去る年の伴奏に声澱ませるバリトンの歌手

放尿の音に振り向く鸚鵡の背なぜたりアムステルダムの水夫

銃弾にスパイは朽ちて未使用の受話器が揺るぐ霧のロンドン

草原の銃声

桜桃の種散り乱るる草原にシュルツ大尉の遺体はありき

「銃声のにぶく響くは朝の夢」とざわつく木々に報告予定

雷帝の到来にただ身をかがめモスクを照らす白夜の太陽

雷帝の過ぎ去る朝のモスクワは小雨に勢力分布図褪せる

家系図をかけ間違へてリューリク朝断絶、それは五月の石榴

ヴォルガの右岸シンビールスクに盗賊の顔を知りたる駅長ありき

顎鬚はスラヴの誇り、機関車の車体は煤に汚れてゐたり

シャガールの画集枕に午睡中白夜の町の橋桁揺るぐ

基督《きりすと》と似て非なる香を放ちたり押収棚の上のイコンは

アルタイル潤む夜更けに預言ではウクライナより反旗が揚がる

グレゴリー暦の紅葉見納めとひとり呟く革命士官

ポップコーンのごときあくびが原色へ戻す荷馬車の刈穂の色を

ユーリーの日まで待たず霧のなか逃走、小枝ざくつと踏みて

共犯者明かさず獄死せし彼に金木犀の匂ひはやどる

湯沸かし器の電池交換期限過ぎかじかむカ
ザフスタンの水曜

銅像に追ひまはされし翌朝のめがねの上に
積もる白雪

パヴロフスク要塞火事に照らさるる僕の前
世の焼失部分

天井に溜《たま》る煙草の靄《もや》分けて逆さに生《は》える
華、シャンデリア

モンタージュ理論すたれて積雪の千島列島
小間切れのまま

くれなゐの国のくれなゐ論争に血を吐き参
加老時鳥

低く吹く微風《そよかぜ》ここはコザックが骨埋《うづ》めたる
ポルタワの地

二色ペンの構造解明ぬかるみのロシア講義
の眠気の淵で

キプチャック汗国を去る旧式のバスのガラ
スに肩打ちつけつつ

ラスコーリニコフの右脳春の日の面会人に
ほほゑみかへす

シベリアの寒さに墓標が震ふ日の空は遺恨
に満ちて黒ずむ

壁画の亀裂

アレキサンドリアの奴隷が泣く夜は貿易船
の帆も軋みたり

なほ消えぬ黒人差別　射干玉《ぬばたま》を潰せばその
手汚るるものを

契約の箱の禍《わざはひ》、核廃棄物と重なる地下倉庫
にて

聖アントワーヌが誘惑されし日の動悸、壁
画の亀裂が伝ふ

古井戸の底に地軸をずらすとき洗者ヨハネ
の汗匂ひたつ

ローズマリー添へよ「迷へる子羊」の大虐
殺は晩餐時ゆゑ

失踪の息子の噂、小波《さざなみ》に聞けり漁人《すなどり》ゼベタ
イ船長

地下墓地は「地」に挟まれてモザイク画の
イエスはいまも圧政のなか

血の色の地層はナイル湖畔にていまもモー
セの奇跡を残す

葡萄酒が血に変はりたり　唇を噛み合ふ恋
の遊戯の果てに

何遍も夜汽車の硝子窓叩けり蛾はバビロン
の密使のごとく

方舟の桟橋破壊未遂罪水に流さう次世代の
ため

葡萄園遠くに見たり　その昔裸のノアが眠
りしところ

僧侶との確執根深かざるうちにネブカドネ
ザル王は奸計

出生の半分紅葉《もみぢ》の裏側に隠しモーセは玉座
に添ひつ

力なく現世に夢を絡めたる蔓草模様の柩を
運ぶ

石膏の壺に貯めたる小銭より酸化が激し人
のこころは

ガリラヤ湖付近に萌ゆる草花にかつてイエスを抱《いだ》きし記憶

イグナチオ・ロヨラ快笑喫煙のため汚れたる犬歯を見せて

ルオー展　曾祖父の霊が外套を貴重面に畳みし記憶

基督《きりすと》のかつて歩みしみづうみに核廃棄物沈めて帰る

磔刑の男に未来の罪までも奪ひ取られて二〇〇一年

望遠鏡から覗く未来

アステカの幾何学模様なぞりたり母に言へざる秘密を抱《かか》へ

太陽が痩《や》せ細《ほそ》る日の暗がりにアステカ文字の破片散らばる

葡萄酒の苦味が舌に描くのはブードゥ教の呪ひの紋章

ゴーギャンとダーザンの差は森林の奥照らしゆく月と太陽

ポプラの枝は校舎の窓を叩きたりイエスの昇天伝ふるごとく

コンビニの店員聖痕あらはして卒倒そのときイラク空爆

綴り式回数券を懐かしみ鑑賞「アンディ・ウォーホル展」

ウォーホル工房絶えず足音がひとり余分に響く場所なり

指先より乾燥、この冬刊行の未来派美術雑誌触るれば

沓下の脱ぎ捨てらるる工房の床這ひ回れモダン・アートら

陰謀を掻き消し貴妃は最敬礼杓子定規のなかの死体へ

ミズーリ州オーブリーより大降の雨呪ひたる一家来訪

ブラインドその襞ごとに王朝の転覆があるチリの地理室

父親の拳骨《げんこつ》の痕《あと》苦笑して隠すはスラム街の初恋

寒波に目をほそめるシンセサイザーの奏づる革命歌を聴き終へて

火星にて地球人には禁色《きんじき》の紫外線見る夏のひととき

流れ星恐るる君と夜《よ》をゆけばルソーはもはや信じたくない

火星への周波数にて理髪師のハサミはわれの頭上でそよぐ

未来への浮揚促《うなが》すウェルズの本、古書店に山積みのまま

ストーン・ヘンジそれは銀河の氾濫に決壊したる堤防の跡

ＮＡＳＡ宇宙局の食堂メニューより月見うどんははづれたるまま

性行為のちに必ず砂塵舞ふ静止画像を見つめる夫

命綱その先端に咲く花に綻《ほころ》ぶ救助隊の連携

アリゾナに火星人らは置き去りにされてまばたきできぬまぶた

ブラインド掃除夫縛り上げられたり春の初めに義足が軋み

消せども消せども市営地下鉄の壁に浮き出づる黙示録

シェラネヴァダ山脈黒く塗り潰す核汚染後の地理講座にて

地球脱出死もて果たせし「御遺体」よ、地球の衛星軌道を巡れ！

「豊饒の海」論

フルートが死者を弔ふ音階をくだる昨夜の霜震はせて

鬱蒼と雪降る宵《よひ》は懐かしき法律事務所の煉瓦の壁が

条文の行間に降る淡雪に見惚《みと》るる三島由紀夫歿後も

月光姫《ジン・ジャン》の指環は語る太平洋戦争前の骨董相場

ゴアにある使徒像脆し福音書ごとに異なる
挿話のために

ネパールの伽藍に赤き粉を吹く怪物ありし
かの日の記録

鍋底に世界の景気見ゆるころ魔女の妙薬配
合違ひ

ネパールの文字は心電図のごとし健康食品
山積みにして

東インド会社役員艦艇に眼鏡忘れしこと思
ひ出づ

湖の底より出《い》でし聖地ゆゑカトマンズには
雨期巡り来る

亜細亜《あじあ》とはかつて土耳古《とるこ》を示したり半音階
の歴史の隙間

ブルース・リーその死に至る視聴覚異常「鏡
の間」に立ちしより

馬車の幌《ほろ》その骨組を眺めたり祖父の明治が
ここにだけある

「合せ鏡は人を狂はす妙薬」と嘯《うそぶ》く君の顔に
も死相

金融の都市を見下ろすガーゴイル来世の恋も呪っておくれ

銅鏡もつひに曇りて遠き日に波斯《ペルシャ》歩みし鹿の音《ね》隠す

夏至の月いびつに欠けて泥棒の指先そつと照らしてゐたり

コクトーの戯曲に戦後蟋蟀《こほろぎ》に転生したる叔父の影見ゆ

ブラインド指にてなぞり独身のもの憂さ描く放射線技師

カフカの寓話むさぼり読むは昼食後、在日初年の労働者たり

珈琲の底の砂糖を掬《すく》ふたび金を掘り当てたる日がよぎる

曇天の空に望遠鏡向ける無人燈台手持ち無沙汰に

展望台の柵の向からの芝生こそ来世の僕が行き着くところ

解題

塚本邦雄

小林幹也が近畿大學へ入學したのは、私が文藝學部教授に迎へられた一九八九年の春、卒業後研修生を經て大學院に進學。その修了後も副手として大學に殘り、實に懇切丁寧な指導を示して、私のゼミの中心になつてくれてゐた。まさに彼は私の教授生活とともにあり、私のよきパートナーであつた。

無論その閒作歌は怠らず、九九年の第十回玲瓏賞を受賞。二〇〇〇年には、短歌研究社主催の第十八回「現代短歌評論賞」を受賞した。

星祭その喧騒より抜け落ちて裸子植物のごとき寂しさ　『裸子植物』
貝殼の化石を砕け不登校少年の目を見開くために　同
絶滅種数へ切れずにぬばたまの夜空の罅《ひび》を彗星と呼ぶ　同
「言葉いづこに流れ奔るや」空心町二丁目の電停も滅びて　同
不摂生たまる晩夏にすずしきは二重まぶたの女医のまばたき　『記憶の浜』
マッチ擦る手つき真似つつ仙台のメリメ読みゐし少女を思ふ　『モネの絵はがき』
境内に吊せし絵馬をゼーロンと名付けて去らん師走の朝に　同
日本兵残し撃ち止めクアラルンプールのクリアランスセールは　『跡地といふトポス』
ストリッパーのスリッパ楽屋の扉にて挟まれ天の岩戸の閉門　同
ヒトラーの髭昨夜より湿り気を帯ぶ落丁の『わが闘争』に　『弱音にて結ぶ』

散文的な持味が、はつと頭脳を横切る箇所が幾つかあり、かつまた一瞬ほつと立止まりたくなる秀句表現に感じ入る。「星祭」と「裸子植物」、「貝殻化石」と「不登校少年の目」などは既知の素材の組み合はせとも錯覺するであらうが、丁寧に讀み返すと、想像もしてゐないそれぞれの素材のもたらしてくれるイメージが讀者の眼前に廣がり、そのコントラストの妙が、定型律に思ひがけぬ効果をもたらしてくれてゐるといふ感じが、冴え冴えと胸中に蘇生するであらう。

「空心町」「二重まぶた」「メリメ」「ゼーロン」これらの秀歌には、いづれの讀者にも一瞬快いショックを與へるレトリックがある。言葉の「ふれあひ」にふと觸發されて、味到したくなる。「クアラルンプール」と「クリアランスセール」の「ひびきあひ」も、私には久々の外國種の味はひを持つ土産物に、舌鼓を打つ氣持をもたらしてくれた。一方「ストリッパー」と「スリッパ」なる外來語の「ひびきあひ」にも、ヒトラーの「マイン・カンプ」と「天の岩戸」の組み合はせに劣らぬ、彼ならではの諧謔の精神ともいふべきものが明瞭に感じられて、はたと膝を叩いた。

この他にもここに私が招いた作品には、いづれも讀者が白紙の狀態で今一度味讀したくなる獨自の素材の組合せに、スマイルを蘇らすくらゐのよろこびがあり、定型の魅力が感じられる。この作者の眞意とテクニックの賜であらう。

ピアノその黒き肌《はだへ》にわが顔が映る悪魔の微笑浮かべて　『不透明音』

ピラネージの「監獄」それは乗替の分からぬ地下鉄網への不安　同

水芭蕉、かつてボッシュが絵の隅に書き落としたる白き欲望　同

地図はペルシアべとり蜂蜜落としたりこれぞ領土の拡張計画　『財産流出地図』

醜聞を乗せればさらに船足が増すヴェネチアの朝軽やかに　同

次の休暇指折り数へ指切らるるマフィア・ファミリー抹消神経　同

終末戦争告ぐるラヂオの雑音は天使の羽根の擦れ合ふ音か　　『鉄道が戦争連れて』

樫の木に落下傘がからみつき諡《おくりな》あり「マリオネット中尉」　同

世界の破滅明日にひかへて銀杏の匂ふ小道で求婚済ます　同

放射能去年《こぞ》の雪にも混りしといまさら通告せらるるヴィヨン　同

前掲十首の作品には、この時點での小林作品の短歌の力が脈々と讀者に通ふ。たとへば作者の至り得た「モンタージュ」の技法。その發想の表現として、エイゼンシュテインやプドフキンの代表作の有つ技法の醍醐味が巧みに援用されてゐて、大變感動的である。殊に、「ピアノ・わが顔・悪魔の微笑」、「水芭蕉・ボッシュ・白き欲望」「地図・蜂蜜・領土の拡張計画」などは、短歌に於いても「モンタージュ」の技法が決して古び過去のものでないことを示してくれてゐよう。

「ヴェネチアの朝」に於けるアトモスフェア、「終末戦争を告ぐるラヂオの雑音」その他にも、第二次世界大戰當時の、否、今一度の戰慄。すなはち最終國際戰爭への戰慄と緊張が、潔くかつまた巧みなレトリックによつてあたかも現前するかのやうに、讀者を震撼させるであらう。その鋭く勇氣のある三十一音の秀作は、度々讀み返しても瞠目するであらう。殊に「世界の破滅明日にひかへて」なる一首の上句、讀者が一讀愕然として目を瞑ると「世界の破滅」への恐怖と不滿とみづからの人生への緊張感が、苦みと辛みと人生そのものの味が、巧みに定型律に盛られてゐる。

下句が「銀杏の匂ふ小道で求婚済ます」であるやうに、必ずしも「恐怖」に繋がるやうな表現が連ねられてゐる譯ではない。が、實にユニークでショッキングな作は、新鮮なスリルを伴つて讀者の未知の世界を示してくれてゐる。一首には必ず一句の七音もしくは五音の新しい作者ならではの表現あり、愕然としながらも讀者の共感を誘ふであらう。

殊に先にも掲げた「ヴェネチアの朝」の「醜聞を乗せればさらに船足が増す」なる鋭いレトリックには、今後決して精神の深みから消し去り、あるいは忘れ去られることのないであらう感動を覚えた。いつの日か、この「業《ごふ》」に等しい獨白は、心ある人の心に訪れ、新しいみづからの世界へ覺悟を新しくするために落ち着くことであろう。

恋に殉ずるなどそのかみの夢にしてわが踏みしだく喇叭水仙　『幻惑と幻滅』

恋愛を増補改訂するわけにゆかず厳冬の山脈仰ぐ　同

身嗜《みだしな》みやたら煩《うるさ》き伯母上に顔を背《そむ》ける向日葵《ひまはり》二輪　『銀河の蛇行』

古井戸の底に地軸をずらすとき洗者ヨハネの汗匂ひたつ　『壁画の亀裂』

基督《きりすと》のかつて歩みしみづうみに核廃棄物沈めて帰る　同

ポプラの枝は校舎の窓を叩きたりイエスの昇天伝ふるごとく　『望遠鏡から覗く未来』

綴り式回数券を懐かしみ鑑賞「アンディ・ウォーホル展」　同

シェラネヴァダ山脈黒く塗り潰す核汚染後の地理講座にて　同

条文の行間に降る淡雪に見惚《みと》るる三島由紀夫歿後も　『「豊饒の海」論』

亜細亜《あじあ》とはかつて土耳古《とるこ》を示したり半音階の歴史の隙間　同

「喇叭水仙」を冒頭に置いた右十首にもそれぞれ新鮮な感動が満ちてゐる。

「恋に殉ずる」心底の夢と、一方季節の美の一代表、水仙との對比は、これまでと異なり深刻な世界情勢の中でなら、決して深刻にみづからのものに化することはできぬ類の抒情であらう。これに續く「厳冬の山脈」「向日葵」にも作者獨自の硬質の乾いた抒情ともいふべきものが示されてゐて興味深い。

尖鋭で大膽な一首は、讀者として覺醒一瞬＝永遠の感動をもたらしてくれる。殊に「基督」がかつて徒にて渉つたと記されてゐる「みづうみに核廃棄物を沈めて帰る」といふ作者發想の鋭さと新しさに愕然とする。この「基督」一首の背後に「洗者ヨハネの汗匂ひたつ」なる秀歌への感動があり、「ポプラの枝」が「イエスの昇天伝ふるごとく」といふ決して忘却しないであらうショッキングな秀作が續く。またやや暗示的ではあるが「土耳古」と「半音階の歴史の隙間」なる異色作など、一首一首が西歐の絢爛たるデカダニズムのクレヴァスに分け入り、作者獨自の肅然たる境地を創造してゐて興味深い。

次元を違へながら、様々な角度から現在の「非常な情勢」を掌上に透視して、この「非常な情勢」を生き直し生き徹す。それこそが、韻文定型詩の未來を恃むにたる歌人としての條件ではなからうか。が、「韻文定型詩の未來」なる言葉は、短歌の本道を歩みかつ奔らうとする作者にとつて底なしの檻穽ともなりうる。「未來」とは、過去を斷ち切つたところには決して生まれぬであらうし、未來が過去を常に凌駕するわけでもあるまい。「志」「氣力」「覺悟」こそ彼の短歌の本質である。その本質を失ふことなく、この歌集を超える力作が將來發表されるであらう日を期待しよう。

二〇〇一年　重陽

あとがき

短歌の魅力とは、一行で世界を鷲摑みする魅力である。たった三十一音の短い一行の詩でありながら、それによって表現できることは非常に多い。世界まるごと三十一音さえあれば、それでこと足りる。喜びも、悲しみも、むなしさも、そしてせつなさも、三十一音の中で同時に表現することすらできる。

もし三十一音で言い足りないと感じるのなら、それは言葉の選び方か表現方法に工夫が足りないのである。そこに至るまで推敲に推敲を重ねて、三十一音でひとつの小宇宙をつくる、それが短歌をつくる楽しみである。過去の名歌といわれるものも、必ず一首だけですくっと白分の世界を形づくっている。

二十一歳で短歌を始めてから、十年間、私の心にずっとあったのは、そんな信念だった。もし一行で世界を鷲摑みすることができないのなら、短歌に芸術的価値はないと思っていた。

この歌集『裸子植物』は、その十年間、つまり一九九一年から二〇〇一年までにつくった短歌のなかから、三百三十二首を選んで収めたものである。もちろん私にとって記念すべき第一歌集である。

いまそれらを読み返し、改めて気が付いたことは、私自身の叙情的なものへの嫌悪である。人を感動させなければ文学ではないなどという文学観には私は馴染めなかった。代わりに叙事、叙景を志し、一首のなかにどれだけドラマや映像を喚起させる要素を盛り込めるかに神経を注いだ。そしてそこには悲劇ではなく、喜劇を盛り込もうと努めた。ブラック・ユーモアといえば、やや俗っぽい響きがして正確ではないが、それよりもう少し品がある、毒のある笑いを歌のなかに込めようとしたのである。

従って、ここに収められた歌は読者の共感を誘うものばかりではないだろう。共感などという皮膚にべっとりと吸い付いてくる感情は、私の性に合わなかった。それより私は読者が違和感を抱くことを狙っていた。異質なるがゆえに、目を逸らすことができないという存在が世の中にはある。私が目指したのは、それだった。

またこの十年間は、私にとって大学に通っていた十年間でもあった。短歌をつくりはじめてから、一年半後「太宰治とプーシキン」という論文を書いて卒業した私は、一年間の研修生期間を経て大学院へと進み、修了後、副手となったのである。副手は五年間、続けた。

その間に読んだ本は限りないが、もし一冊を挙げるとするなら、私はやはりプーシキンの『オネーギン』を挙げるであろう。

『オネーギン』は韻文で書かれた小説である。しかし興味深いことは、その『オネーギン』の本文中に次のような一節があることである。

〈あるいはわたしも、天なる神の御心によって、詩人であることをやめ、あたらしい悪魔にのり移られて、アポロンの神のいかりをあなどり、つつましい散文に身をおとすことかもしれぬ。〉

（金子幸彦訳）

このように書きながら、それでもプーシキンはやはり『オネーギン』を韻文で書き通した。つまりプーシキンは、散文がもてはやされる時代にあって、韻文という古城のなかに逃げ込むのではなく、あえて韻文か、散文かという争いのなかにその身をさらし、そして『オネーギン』においては韻文を選び取ったのである。私はこのプーシキンの態度を見習いたいと思う。なぜなら韻文か、散文かというプーシキンの迷いは、そのまま現代短歌界の、文語か口語か、あるいは定型を崩すか否かという問題と結び付いているように感じられるからである。

この十年間、私が短歌をつくり続けることができたのは、近畿大学の歌会の仲間たち、その後入会した玲瓏の会のメンバーたち、そして何より指導してくださった塚本邦雄先生のおかげである。人間関係が無味乾燥化しがちな都市生活のなかにあって、歌会で短歌論を戦わせているときほど、生の人間に触れたと思ったことはなかった。また一九九九年に玲瓏賞、二〇〇〇年に現代短歌評論賞を戴けたことは、たいへん励みとなった。関係者に感謝する。

この歌集の出版にあたっては、玲瓏の会の塚本青史様、尾崎まゆみ様にたいへん親切で木目細かい御教示をいただいた。ここに記し、感謝する。さらに塚本邦雄先生には解題を書いていただけることとなり、うれしい限りである。

砂子屋書房は、太宰治が『晩年』という第一創作集を刊行したところである。私は大学の学部生の頃から、太宰治を研究の対象としており、その砂子屋書房から自分も第一歌集を刊行することができることとは、無上の喜びである。砂子屋書房の田村雅之様に感謝する。

二〇〇一年九月二〇日

小林幹也

自撰歌集

『太陽の舟』（抄）

死後の音域

ミケランジェロの絵よりうるはし修復の足場が高くそそり立つ影

かぐわしき時が消えゆくヴァチカンの総面積を測り直さば

断崖に夕日が当る光景を見たりローマの観光を終へて

薄暗きホテルの一室バスタブに水を溜《た》めゆく音のみ続く

弱気からあわてて一般論を言ふ私を包め紺の紳士服《スーツ》よ

雨の日に荷物が多い恋人を待つ紫陽花の咲く公園に

銀のアルミサッシは雨の香にみちる迷子の猫の影をうつさず

かつて師の好みし歌手の低音が記憶の底の海をそよがす

ドイツ語のゼーはみづうみ濁音のごときさざなみ湖面に立ちて

薄きロビーの明かりのもとに師は立てり昨夜の夢を書き留めながら

祝辞すら呪詛《じゅそ》と見紛《みま》がひ塗り壁の屋敷のごとく黙すわが師は

冷房に床の紙屑揺れ動く地下鉄を待つ時間のなかを

園丁が腰のラヂオを揺らすたび球児も土にまみれてゐたり

境内の砂利を踏む音とほき日のつはものどもの歯軋り思ふ

海に帰る鯨の群を眺めをり盆近き日の夢の終はりに

正夢の意味を知るころ僕たちは生まれしときの記憶をなくす

牛ミンチ前世の呪ひを封印す白きラベルの護符張替へて

地の霊を封ずる鉄の注連縄《しめなは》か線路は静かに軋み続けて

果樹園のトラックよけるあるときは店先に身を摺り寄せながら

エレベーターの扉開きて薄暗き夢は厨房奥へと続く

東洋の踊りその名は知らざれど陶磁器選ぶ祖父の指先

バクタプルの参道暗し店先の日陰に人は逃げ込むために

ビュトールの小説を閉ぢ吊革の揺るる車内にゐる自己を知る

結婚のプラン詰めつつ缶ビール気の抜け切らぬうちに飲み干せ

スーラの淡き点画の陰翳《いんえい》が浮かぶ湯槽《ゆぶね》に木《こ》漏《も》れ日が落ち

投函《とうかん》とともに指輪を落とす夢ちりんと響くこころの底に

中華屋の息子が店の隅にゐる解けざる知恵の輪を持ち続け

未来とは何かと問はれ街路樹の公孫樹色づくころを思へり

悪の系譜たどり切れずに書庫を出づ背後に
枯葉の色づく気配

『探花』（抄）

私語の音域

とほき彼方の席には私語の音域がありジョ
ン・ケージを講ずるときも

将棋倒しとなる受験生夢に見て目覚めしの
ちの口蓋渇く

受験票忘れて戻る坂の脇水子供養の旗裏返
る

座敷童の消えたるあたりひつそりと一輪挿
しの朝顔が咲く

試験場に幽霊を見しそのとしの北京のまち
に降る牡丹雪

母のない子供の記憶、満開の向日葵を見て
跡切《とぎ》れてゐたり

梅若葉一時凌ぎの恋人のいつも弾きたる曲
名知らず

シロップの蓋

シロップの蓋に映るはわが顔のどこか分か
らずお見合ひのとき

静寂を包む詩形を懐かしむ御所二周する部
活を見つつ

薔薇園に臨む茶房は相続税払へぬために売
りし祖母邸

雨漏りが描く校舎の天井画、ミケランジェ
ロの国へは遠し

バレリーナくるりとまはる透明感　雨は硝
子を打ち続けたり

眼下に線路を見おろす街の炎天下養老院の
窓半開き

やつれたる宣教師らの指紋より渦巻く熱帯
地方の海域

鳩の糞新居の窓を汚したり飼ひ馴らし得ぬ
ものなり「平和」

同棲の相手がふいに立ち止まる骨董店の鳥
籠を見て

系　譜

鍍金《めっき》屋の女系相続わが母の手前にて断つ空
襲警報

空模様あやしき真昼自衛官募集ポスター張
り替へられて

一斉に天を見あぐる鉱物の模様、来世に何
求むるや

海面の機雷に夕日があたりたり人類滅亡二
週間のち

思想の果て

ラサは無限の思想の果てに聳《そび》えるかあるいは転げし人のこころに

粘着テープ剝がし損ねて春霞封筒のつぼ山折のまま

藤棚の下にてまはる輪転機　人生観を写し始める

郷愁の型のみ残り黄昏のマンモス団地に空室増える

羅蓋《らがい》の下

シーレ忌の今朝　歯ブラシのその細き毛先が赤くわが血に染まる

東欧のわびしきぬくもり　庭先にてカフカの母が大鍋洗ふ

自由の代価高かりし日の白昼にまた殺さるる貧しきカルメン

シャガールがこころを離れず　母の炊《た》く蕗《ふき》の繊維の歯につまるごと

糠味噌に茄子沈めたりかつてかく壁に塗られしポーの黒猫

キュビズムのなかの魚《うを》の目焦点の定まらぬまま反戦叫ぶ

鉤十字《かぎじふじ》の穴より覗く美術史に点画のごとき虫喰ひがあり

夏の浜辺遊び疲れてまどろめば羅蓋《らがい》の下をピカソが歩む

画廊の昆布茶

歯磨き粉きつくしぼりて鏡台を覗けばそこにゴッホの肖像

雨の京都冷え込み激し搬入のトラック車体を揺すりてとまる

おぼつかなげに昆布茶を運ぶ君がゐて画廊の空気が若返りゆく

いくつもの夢掛け替へし壁を見る搬出のちの画廊に残り

麓迷亭の主《あるじ》亡くなり強風に吸殻が舞ふ葬式
である

温室胡瓜《きうり》ゆるやかに時を歪ませてその代償
に失ふまるみ

難波宮

見張り塔からわれを見おろす　ブルドック
ソースが実家の卓上にあり

魔　都

シェヘラザードの肌の色問ふピーナッツの
薄き茶色の皮をむきつつ

魔窟とは古都の異名か　老女らの指が刺繍
の皺伸ばしゆく

黒檀《こくたん》の馬が夜空に飛びし日のイラクを思ふ
空爆の朝

漆黒の海の揺らぎよ　アラビアにいつより
珈琲《カフェ》は荷揚げせられつ

毛繕《けづくろ》ひする鳥に似るあかつきに浴衣の君が
寝返りを打ち

北浜のカフェに和装の妊婦あり住民票につ
いて囁《ささや》く

のつそりと難波宮《なにはのみや》を行く犬を「あなたみた
い」と君は指差す

母たちは乳母車より手を放すセガンティー
ニの絵に見入るとき

真夜中にテレビの台を組み立てるふたりの
未来を固定するため

結納の翌日ぼくらは猪名川の花火ぼんやり
眺めてゐたり

世界より一切の音掻き消してワイエスの絵
の麦穂は揺らぐ

開拓時代われになけれど太い縁のコップに
てまたコーヒーを飲む

定年後簞笥《たんす》に宿るともしびか雛罌粟模様の
父のネクタイ

いきなり情婦の頰を張りたる棟梁に以後沈
黙の近鉄車内

夢前川へ千二百円の距離を置きぼくらの新婚生活はじまる

千里団地はまた潰されたり怪獣と異星の友の格闘の間に

仮名手本忠臣蔵をかつて師と見し日がよぎる雪の府庁舎

昼過ぎの車両ののどかさ踏みあらす少年野球の選手の靴が

印刷の音絶え間なく事務室に響きカップの焼きそばうまい

アジアの神の眼球

水溜まりの底にて屈折する硬貨アジアの神の眼球思ふ

ビニール傘をさしたる巫女が通り過ぎぼくははじめて雨に気付きぬ

天窓にへばりつきたる枯葉見る八幡宮の御手洗ひにて

杜子春が途方に暮れし夕闇と思ふ中書島駅を過ぎ

コンクリートが剝がれぼくらのマンションにもアジアの怠惰が打ち寄せてゐる

ロープウェイの駅の真下に神社ありアジアの神の肩こり続く

黒き滴

テーブルに散らばる山椒そのままにジューール・ヴェルヌ忌むかふる食堂

マン・レイの写真に写る疑問符を飲み込みきみは成人となる

深夜映画の水兵睡魔に侵《おか》されてつひにわれをも道連れに朝

荒ぶるこころ

胡麻油の滴《しづく》が垂るる皿見れば台湾地図が脳裏によぎる

終戦の夏の暑さを言はぬまま台湾ガイドは
日傘をさせり

荒ぶるこころ持て余したる日がよぎる士林《シーリン》
夜市《イエスー》まよひ歩けば

しめやかに媼《おうな》の笑みはこぼれ落つ陽明山《ヤンミンシャン》の
木漏れ日に似て

低き山翁の腕の力瘤　新北投《シンペイトウ》が車窓に映る

ミルク粥されども神々しく見える老いたる
ホテル王が食せば

防空壕の跡だと聞きて見上げれば新北投《シンペイトウ》の
空雲ばかり

胴体にあまた漢字を書き付けて台湾バスの
芳一もどき

中空に光る電車の窓のぞみ龍山寺《ロンサンスウ》はいたく
さわがし

ラーメンのかつを風味をまづいとも言へぬ
まま食ふ台湾の夜

風

ありあけが去年のねぶたの骨組を照らす倉
庫の高き窓より

落武者に捧《ささ》げる供花《くげ》のごとく咲け龍飛《たっぴ》の風
力発電装置

義経岩《ぎけいがん》バスの窓より眺めたり職場から去る
無念に重ね

名刺入れより名刺を全て捨て去る日求職者
といふ肩書きの付く

「会社都合」勝ち取りし日の夕食に味《あぢ》ははぬ
まま食ふ鉄火巻

この世の果てはさらにぞ遠き龍飛《たっぴ》より太宰
治の碑は見ず帰る

霊媒の立ち去りしのち座蒲団の際に転がる
向日葵の種

あかつきにまた命を宿したりステンドグラ
スの聖母マリアは

旧約の浜辺

旧約の浜辺にフロンの缶があり確実に海はひろがつてゐる

ボドリアン図書館二階にて眠るノアの記せし乗船名簿

祇園囃子ふいに途絶えてぬばたまが実る亡き師の夢のほとりに

斉藤別当実盛の髪すすぐ図が浮かぶわが師の白髪見れば

訃報より目をあげ硝子窓を見る　くつきり室内灯のみ映る

師の美学継承されず　逆光のために見えざるガーゴイルの笑み

母国語がやせほそる夏　母たちのむきだしの肩銀座を歩く

盆踊りの寄付を集めに老人が舞ひ込み夏の終はりを告げる

ピータンの青き瞳は映したり荒ぶる大地の神の嘆きを

また無地に戻されてゐる看板を駅より見たり師の逝きし日も

蒟蒻《こんにゃく》の残り

巨鳥ルフの卵しだいに罅《ひび》割れて天蓋《てんがい》破損直後の夕映

かつて祖父と来しと聞けどもその記憶湯気にて霞む山田温泉

風呂釜の炎を覗く人生の目標をまた先送りして

たこ焼きの熱さに口蓋《こうがい》焼く夕べ空に火傷《やけど》の痕《あと》残りたり

蒟蒻《こんにゃく》の残りは祖父が食べてくれて水澄みわたる臥竜山池《がりゅうざんいけ》

しだいに犬の散歩の距離をちぢめゆき祖母は死にけり臥竜《がりゅう》の里に

まだ冷めぬ骨を拾へばわが首にぴたりと髪が張り付いてゐる

時間のすき間

年経ても公園デビュー果たせずに途方に暮るるよその夕暮

子を寝かすたまゆら水路の果つる地を覗きし幼年時代がよぎる

しろたへのオムツが夜空を覆ひたりシャガールの絵の白夜のごとく

子の眠る時間のすき間縫ふごとく妻と短き言葉を交はす

「はるちやんを起こして」と妻にたのまれて私は鶏の鳴き声まねる

貫之の月より遥か年を経て真昼に上がる白きホスチア

むすつと顔をしかめる一歳児のむすめ写真はお気に召さぬやうです

今日はパパがゐるから機嫌がいいなどと妻はわが子を眺めて評す

水槽の鯉をわが子が見つづけて一本あとの電車で帰る

カルメル会修道院の塀沿ひにむすめと保育園より帰る

ラピュタの滅亡

わが町の空を黄砂が覆ひたりラピュタの滅亡せし日の色に

古き校舎の壁に木漏れ日　かつて騎士ロランの休みしところを示す

雨宿りせし軒先は見つからず記憶のきみはまた靴を脱ぐ

予定調和に終はらせたくなき語らひの湖面に投げる小石をひとつ

やや背中まるめ漫画を読むきみにわれは切り出すことばをさがす

有線を消して事務所を抜け出づるしじまに霊は紛れ込むもの

図書館の扉を締める時刻には黄泉の国でも柿の実は落つ

車窓より見る

来るつもりなけれど芭蕉庵があり傘の柄《え》持
ち換へ眺めてゐたり

滝を見に行く前に寄るコンビニに細く連な
る白き無為あり

青年期もはや過ぎ去り「禁色」の文字の周
りの朱も色褪《あ》せる

断言をせしのち次が続かずに蜻蛉《とんぼ》のマーク
に視線を落とす

にはかに尿意もよほし降りし冬の駅、プラ
ットホームの床の硬《かた》さよ

避暑地

用水路の流れを見つつかつて師に愛でられ
し日を浮かべてゐたり

旧街道沿ひの雑貨屋なまめかし壁に口紅《ルージュ》の
ポスター張りて

白樺の森走り去るバスの背に懺悔をし損な
ひたるこころ

地球儀

崖の途中に紙飛行機はひつかかり青春の日
ともに置き去り

靴づれの足さすりつつ読むロシア・アヴァ
ンギャルト展への酷評

汗にて汚れ煤にて汚れドアノーの写真にう
つるパリがかがやく

日　輪

繁栄の果てのけだるさ真夜中にジャージを
はいてコンビニへ行く

化粧せぬ女の疲労映したりファミリーマー
トの銀のトレイは

ゆるやかに時は過ぎゆく「パパちよつと待つて」と娘が落ち葉ひろふ間

木の枝と見えしは蛇と気付くときワルトーの森はどこにでもある

千一夜物語より羽ばたきて孔雀に書き換へられしはあなた

北斗七星信仰

また同じところを歩む心地して鞍馬の木々のざわめきを聴く

少し光の漏れたるあたり貴種たちの隠れ住みゐし日常があり

よどみたる琵琶湖の底の堆積に届かぬ北斗七星神話

白雪姫の吐息か夏至のクレヴァスより空に吹き上げらるる粉雪

三井寺の若き学僧立ち並び北極星を見上げてゐたり

愉　悦

果たしてボッシュは淫らかと問ふマヨネーズたつぷり苦きセロリにつけて

受難《パッション》果実《フルーツ》その南方の酸味より鋭き舌を持てカルメンよ

いつでもどこか改装中の百貨店　またあきもせずダリ展があり

西瓜喰ふ人

次の子のためにリコール対象の乳母車のねぢ取り替へる朝

いつも同じショウウインドウで立ち止まる小さき兄を待つわが幼年期

鉄の柵ばかりなめたるキリンゐて透明になるわが子の瞳

天井に宝の地図があると言ふわが子の首の垢《あか》流すため

きみは熒惑星《けいこくせい》をみたか

異星人に破壊されたるロンドンを鞄に収め地下鉄に乗る

蛸壺漁の船が波間に見え隠れ低速のままウェルズ忌に入る

足元の窓より地下の厨房が輝くころに暮るるロンドン

マンモスが集ひて冬を遣り過ごす姿かオックスフォードの屋根は

中華街のネオンも消され殺人犯分からざるままビュトールを閉づ

また遺族がしやしやり出て来て立ち消えのヴェスヴィオ社版「火の鳥」叢書

『九十九折』（抄）

身の丈

若干名てふ急募貼らるる店先を冬の陽しばし立ち停まり過ぐ

石垣に黒きフィルター大小を立て掛けてゆく年の瀬模様

名を呼べば照れて逃げゆく猫の背を追ひて春の陽はや懸け樋まで

元旦のめでたき朝の浴室を解凍途中の鱈が占めたり

初詣暖簾の下を日陰より日向に移る林檎飴（小）

駐輪場に捨て置かれたる洗濯機ななめに水が溜まつてゐたり

ロシア語に挫折せし日の曇天がふたたびよぎり『外套』しまふ

待ち針を裾に手早く刺す人を棒立ちのまま見おろすわれは

身の丈に合ふ革財布見つからず元町高架下《モトコー》出づれば春の風吹く

送電線の向かうに夕暮どきがあり妻は花屋に立ち寄るといふ

礼状を投函したり夕闇に名まへの知らぬ花が咲いてゐる

卒業式次第の行間

バスケットゴールの下に紅白の垂幕を張る卒業の朝

講堂の窓より隣のマンションの室外機見る祝辞聴きつつ

パンフレットラックと観葉植物の葉が擦れ合へり弥生の風に

ブラインド越しの日射しか烏羽玉の髪かき上げる女の指は

救急車の音漏れ聞こゆ在校生送辞が半ば読み上げられて

ぽてんヒットといふのだらうかもらひ泣き卒業式次第の行間

旧校舎取りこはすときはぜる木の香にのりうつる狐の影よ

シャーロック・ホームズあるいはすみれ咲く丘にぼくらのうづめし秘密

からからからから車輪がまはる　夙川の桜をともに見し人も去り

ピタゴラスの思想も春の日射しさへゆがめ川面はいにしへ映す

『細雪』の姉妹も乗りし阪急の車窓に昔の春よぎり去る

貴種のたましひ

チャルメラのあかりがほのか土手照らす水無瀬の闇のふかまるところ

木屋町通り暮れて柳を仰ぎ見る同じ暗闇見し人偲び

室外機並ぶ伏見の路地裏をときをり幕末志士の碑挟む

商店街はづれを欅の木が覆ふ我慢ならざる平凡があり

太鼓橋少し大空持ち上げて確保してゐる神の通ひ路

金網の途切るるあたりに水溜まる古き祠はゆがんで立てり

浮島の謎はさておきなほ澱む落武者の首洗ひしところ

血を含む脱脂綿のごとき夕映を錦林車庫ゆきバスより見たり

鬼の貌貴船の甕に映れるを母にも告げず帰る薄暮よ

ひとに見せざる内すら金の金閣寺　ひとにあらざるひと待つかたち

巨椋《おぐら》池貴種のたましひ埋められて火を吐く獣の皮膚のかをりよ

四百年後の慰霊祭

暑くなる気配を朝の境内に感じ偲べり真田幸村

榛名山の春の山裾駆け降りる真田蜻蛉揺らめきて消ゆ

石垣に座し掃除夫は煙草火をささやかながら慰霊となして

ジョアン明石の行方は未だ知れぬまま船場ことばに鼻音が残る

伊万里の喉元

十字架が白地に青く浮き出づる伊万里の壺の喉元あたり

ザビエルの汗も十字架《クルス》も燦々と輝く薩摩の日射しを受けて

いづれわれらも異郷に故国を重ぬるかグラバー園にあぢさゐが咲く

十蘭調天竺嬉遊曲

道端に犬が寝そべり腹をひりひり波打たすネパールの春

寝つけずにまた水を飲む植民地帰りの医師の翳りのごとく

明かる過ぎる神の図柄よぬかるみの上をゆるりと越ゆる青天

補陀落

賽銭が板すべりゆき闇に落つ補陀落《ふだらく》渡海僧の逝く闇

見送りの僧らの素足洗ふ波晩餐の日のイエスのごとく

月光に石碑が浮かぶたまのをの絶えし僧侶の没年刻み

手水鉢を縁取る竜が剝がれ落ちここより神の発つ音ひびく

砂利を踏む音にわれにとかへるとき海の記憶に小舟が沈む

鳥居載せたる舟のいびつさ炎天下ふき出づる汗を拭《ぬぐ》ひつつ見る

沼に沈む悲しき馬の嘶《いなな》きを聞きてあわてて絵本を閉ぢる

母のやうに鳥居の赤はいつまでも船尾の窓に小さく残る

九十九折

ことばならざる以前のことば揺らめきて土鍋の底に沈む米粒

炊飯器洗ふ女中の手の甲に朝の日射しが踊り続ける

風呂場にてタイルのかけら積み上げる賽の河原のごとき日射しに

ふりむかるれば夢は途絶ゆる　すみやかに描かむ美姫の背を走る湯を

部屋に戻り受話器を取ればよぎり去る化粧の厚き君の頰擦り

身のうちにゆつたり銀河流れ落つやつぱりあなたを赦してしまふ

またふりだしに戻されてゐる朝があり『サラゴサ手稿』棚に寝かすも

鈴鹿峠に乗り捨てられしトラックに木漏れ日が射す泥をなぞりて

わが人生日向日陰と入れかはる九十九折ゆくバスに乗せられ

取りかへしのつかないことがまざまざと日にさらされる峠の道よ

バス酔ひにことば少なになるわれを窓の向かうの芙蓉が笑ふ

しらじらと伽藍すべてが色褪せる遠き日の図が夢間によぎる

見上げれば杉の上枝ばかり揺れにはかにガイドの声が遠のく

古代史の眠る山かげまたの世も俊徳丸とすれちがふ場所

さるすべりの説明長き禰宜死にて木漏れ日が射す旅程の間にも

不思議なくらゐ山の斜面に日は射せり大津皇子も孵化するころか

お供への卵ひと呑みしたるのちに背《そびら》を向けて眠る三輪山

樟の葉を揺らす風やむ思想書に栞を挟み立ち上がるとき

ほととぎす声のありかをさがす目に古き暦の端はめくれて

茶摘み歌親から子へと受け継がれ幾代か御《み》霊《たま》の眠れる上を

花隈の病室

うすぼんやりの病棟の灯はわが頬を撫でゆき机竜之助へも

われ何をやり遂げて果つ　ゴーギャンのタヒチのごときけだるさのなか

希望といふには明る過ぎるか　コンビニの
光こころを照り尽くしたり

台湾　二〇〇四年

未練ともいふほどの陽か　うぶ毛抜く糸を
あやつる老婆に射して

山腹の広場に路線バス溜まる午後へと向か
ふ陽にあぶられて

運賃を払ひ過ぎたることなどが記憶の枝に
とどまる舗道

なぜか的をはづしてばかりぐらぐらとトマ
トの赤の夕暮煮えて

竜の首それより長き髭そよぐ老いの結界踏
み越ゆるとき

異郷

桜桃の種を吐き捨て見上ぐれば朝鮮凧の中心に穴

婚礼の祭に紛れ込む牛の反芻してゐる過去のときめき

帰化人の里にしづけき風もどるすめらみことの遠征終はり

幾度目の神の死なのか丘陵のまるみに沿ひて列まがりゆく

桜桃忌

婚礼の遅き日射しよ雲間より棒読みに射す新婦の答辞

さくらんぼタルトの縁の襞ほどの恋を指になぞる老婆よ

ムーミンが傘差し歩く背景に何気なくあり電話ボックス

マシュマロを焼けばどろりと初恋を秘めたる杜の樹液のねばり

桜桃忌はや過ぎ何ぞ遥かなる水路をへだて
そよと動かず

天橋立

京都駅はしだて5号の停まりたるところは
暗く山陰本線

いつのころの映画か莫蓙の模様よりぼんや
り紳士の休息照らす

浜辺にて弁当蓋を閉ぢる手の動き浦島太郎
を模して

時刻表の隅に手あらく書きつけし短歌《うた》　青
春のいがらつぽさよ

ガス管

青春はベッドの下の鉄唖鈴、覗けば昏く定
位置にあり

モーセを拾ふ女の衣装きらびやかかがめば川面は輝きに満つ

飛翔する夢見しことなど語らひて君は桟橋歩みゆきたり

明け方の波のきらめき頬に受くいまもヨハネはわれを見据ゑて

羊水に沈みし記憶よみがへる洗礼を待つ列に並べば

桟橋の上より霧が濃くなりて世界の果てにゐる寂しさよ

尾道　一九九一年

ボランティア・ガイドの抑揚近寄りてやがて遠のく夏のそよぎに

山上の鐘楼照らしその歩調ゆるませ歌碑を撫でゆく日射し

海へかへる風の道あり読みさしの井伏鱒二著『さざなみ軍記』

志賀直哉旧宅を過ぎなほ下る夏の日射しを肩に浴びつつ

クロノスの矢

提灯を消せどもゆるり艪の音が水に伝はり
この世の終はり

咎なくて死する者らのうすら笑みイエスも
相楽総三もまた

向かう岸を歩める机竜之助クロノスの矢は
突き刺さらずに

エッシャーのだまし絵のなか洗濯の老婆は
何度も桃を拾へり

小坊主の背中の琵琶はうつむけり世界傾く
ならおのづから

だまし絵のなかをシマウマ歩みゆく胴が消
ゆれど意にかいさずに

わが夢路ふさぐ巨体の蘇我入鹿日焼けの肌
を袖よりさらし

電源を入るれば冥土　蓮型のパネルにほほ
ゑむほとけが映る

開閉式堤防の写真をピンでとめ研究室に人
のいない日

袖口に蛇の絡まる刺繍あり雷雨の窓に映りては消ゆ

雪洞《ぼんぼり》がお城にあがる前の世《さき》に嫉《そね》まれ果てし女のために

厩舎ごと包む業火にほてる頬また『大菩薩峠』に至る

船宿の二階襖に隣室の宴が映る夏の終はりに

浮き沈む

遊覧車の胴体朝の光受く夜勤バイトの帰路見上ぐれば

雑誌から眼を上げ揺らめく水の影朝の床屋の天井に見る

ブランコの児童消えては顕はるる路上駐車のバックミラーに

笹舟を母と浮べし日射しへと近づいてくる私の年齢

宇曽利湖に嘘の破片が浮き沈む時代の陰り
に見えにくけれど

また羽衣の哀話生まれる　みづうみを万一
きみがふりかへるなら

妹の部屋に忍びて万華鏡覗けば崩るるアッ
シャー館

海沿ひの商店街もさびれゆき低く有線マ
イ・ウェイ流す

トーテムポール

出世欲わづかに澱むその淵のうへ吹き過ぐ
る夏の夜風よ

ガルシンを読みし歌人もゐると聞き温もり
の増すベランダの柵

カメレオン・サーモメーター剝がしたる痕《あと》
靴箱の木目に残る

生涯に千五十一の橋渡りルネ・マグリット
は馬車を降りたり

落ち葉舞ふころの図書室　追憶はひらけば
はらり落ちゆく栞

半　旗

ウォータールー駅にたなびけ夕靄よ金管楽
器の音色とともに

「バルバラ」を聴く　軍港に育ちたるわが師
の暗き青春思ひ

扇閉ざさばまたちがふ世の地獄図へ巡るか
居間の書棚に『波瀾』

短歌などつくらなくてよい午後が来る蓮の
花瓣が黒ずむ夢に

若き歌人の群れより数歩間を置きて欅の下
に佇むわれか

裏切りは究極の愛とただそれだけ言ひて黙
せり師の餞《はなむけ》よ

前衛は反旗にあらず半旗なり亡き人慕ひ咽《むせ》
べ挽歌を

河川敷ラグビー

ラグビーの猛者《もさ》倒れたり基督《キリスト》もかつて接吻《くちづけ》せし地の上に

悲しみも折り重なるか　大地より起き上がれざる猛きラガーら

たどたどしきホルンが空気を震はせる　河川敷とは朽ち果つる場所

ちよろちよろとしか出で来ざるシャワーにて猛きラガーは傷洗ひゆく

甲山讃歌

園児らが山猫さんと呼ぶ人は山根さんだと知る夕まぐれ

鏡文字描きて冥府のダ・ヴィンチと交信してゐる幼きまなこ

結末を聞かざるままに眠り落ち童話のなかの浜辺を歩む

胎内で逆さブランコ漕いでたとむすめは言ひきある昼さがり

断崖《きりぎし》の隙間に萩の花が咲く　実朝もまた隙
間の花か

しやがんではまた花の名を読み上げる植物
園にをさな児とゐて

サーカス

ぎこちなく正装したる叔父の背よアント
ン・レーダーシャイトの素描

木材を肩にて担ぐ男過ぎバルチュスの『街』
いま申《さる》の刻

サーカスの簡易トイレは冬の陽を受けて背
後に人影映す

期待昂まる速度に合はせしづしづと迫《せ》り上
がりゆくブランコの綱

ピラルクてふ大魚を吊るす綱きしみぐらぐ
ら沈む南米の陽よ

薄ごろも纏へど媚びぬ表情を軸にて廻れお
まへもサロメ

アルファベットの文字ひとつづづ拾ひ上げ光落つればＣＩＲＣＵＳは幕

心地よき倦怠

キャベツきざむ女の鼻歌　遠き日の倦怠それがいまは恋しき

ジュール・ヴェルヌの気球の下にあかあかと人喰族の舌がもつれる

白昼に侘助が落つ　闘牛の角にてしばし運ばれてのち

寒村にひたひたしのぶあかるさを恐れルオーは青塗りたくる

アルプスの麓の村は寒し「死の舞踏」の絵へと人がむらがり

ふくろふの首が一周するうちにくまなくわが身をさぐる税関

鈴慕の音色

藤九郎《アルバトロス》の重たき胴体かつて君と朝寝せし日
に影をさしたり

やましさがこころの底へ堆積す　ウォッカ
にゆっくり胡椒は沈む

白葱のその襟許は崩れゆき欲情もたげる冬
の燗酒

お互ひに子どももできてと呟きてそのあと
黙す冬の車窓に

近江の町の葬儀

夜も更けて記憶爪弾くオルゴールやがて足
どりゆるませとまる

遊覧船その前《さき》の世を偲ばせて塗装の下に透
けるロシア語

あでやかなる歓楽の世に囲まれてそこのみ
暗し志賀の湖面は

恨まるることなく生きるわが面《つら》を見返しも
せぬ琵琶湖のよどみ

墓地の隣の薬草園

斎場へマイクロバスはのぼりゆく窓にもみぢをちらほら見せて

リノリウムの床から砂利の径《みち》に出で義父の骨壺持ち直したり

アメリカの義弟は葬儀に間に合はずカーブミラーに宿る月影

葬儀屋の暗き廊下を照らしたり自動販売機の薄明かり

薬草に死者のたましひ宿るころ修学院墓地しぐれてゐたり

失業エレジー　二〇〇八年

さきの世にたぶん救世主《メシア》と呼ばれゐし男とならびフラミンゴ見る

事務室にならぶ机が墓石へとかはる解雇を言ひ渡されて

そそくさと朱肉を勧め目を逸らす人事部長は狭き部屋にて

解雇言ひ渡されし身ぞしかと見よ君の枕頭立ちゐるわれを

おとづれることもはやなき本社ビルその硝子窓夕陽を映す

父の失業知らざるわが子満面の笑みにて迎ふパパおかへりと

羅生門の甍を叩く雨粒に聴き入るわれも失業者ゆゑ

しばらくはお金の心配いらないと妻はささやく子を寝かしつけ

ぼくの夢今朝は雪の駅舎よりそこのみ黒き線路見ること

見上ぐれば夢のほころびぽつかりと空く雲間より青空覗く

人ごみを避け路地裏を歩むときかつての上司と鉢合せたり

銀盤に失業者の群そぞろゆく映画のシーン、また夢に見る

ロープウェイ過ぎゆくたびに日は陰り芝生のふたりまた振り返る

朝なさなうぐひすが来てこんにちはハローワークの便所の窓に

歌論・エッセイ

塚本邦雄と三島事件
——身体表現に向かう時代のなかで

三島由紀夫の自殺について、保田與重郎は「日本の歴史に残る重大なこと」（「週刊現代」一九七〇年十二月十二日）と記している。「日本の歴史」というのは大袈裟であるとしても、これを昭和史の重大事件のひとつに挙げる人は多かろう。

一九七〇年十一月二十五日、三島由紀夫は楯の会のメンバーとともに陸上自衛隊市ヶ谷駐屯地に侵入、益田兼利総監を人質に取り、バルコニーから憲法改正と自衛隊の決起をうながす演説を行ったあと、割腹自殺を遂げた。この衝撃的な事件は事件直後から、いや事件の最中から報道機関のヘリコプターが何機も上空に飛来して事件の成り行きを伝え、また事件後も、その動機をめぐって三島の文武両道精神の分析、演説内容から自衛隊は合憲か否かという問題にまで及び、一作家の死を遥かに超えたものとなった。

そんななかで塚本邦雄はどのような反応を見せたのだろうか。

塚本邦雄と三島由紀夫の関係は、塚本が第一歌集『水葬物語』（一九五一年八月　メトード社）を三島に献本し、それを読んだ三島の推輓により『水葬物語』中「環状路」の十首が「文學界」（一九五二年九月号）に掲載されるところから始まっている。

しかし直接的な関係は、そこから始まったのだとしても、塚本が三島に敢えて自分の第一歌集を献本したということは、当然それ以前から塚本に三島という小説家に対する思慕、あるいは何らかの共通項をその作品を通して、感じていたということであろう。塚本は三島をいかに読んでいたか。

塚本による三島論としては、『薔薇刑』（一九六三年三月　集英社）などについて記した「刑餘の薔薇——三島由紀夫斷章」（『序破急急』一九七二年十一月筑摩書房）、『鏡子の家』（一九五九年九月　新潮社）を中心に記した「繪卷物斷想——三島由紀夫斷章」（『序破急急』)、「三熊野詣」(「新潮」一九六五年一月号)などについて論じた「聖・同類項」(『煉獄の秋』一九七四年十一月　人文書院)、再び『鏡子の家』について論じた「𩭹鬀鏡遺文――三島由紀夫「鏡子の家」考」(『稀なる夢』一九七九年六月　小澤書店)などがあり、これらから、塚本が三島文学をいかに捉えていたかが読み取れる。そのなかでも私の最も注目するのが、「繪巻物斷想――三島由紀夫斷章」である。これは、これらの塚本による三島論のなかで唯一、初出が三島の生前にあたる一九六二年三月刊行の『新日本文学全集33　三島由紀夫集』(集英社)の「月報」であり、そこで塚本は次のように記している。

氏の一章一章が一篇の中に、定型詩的な完結性をもち、任意のどの一章の插話から讀み出しても讀者に充足感とカタルシスを與へることは、千一夜物語、聖書、あるいは源氏物語繪巻、餓鬼草紙で人と成つた知識人、ある意味での選民達に、三島文學を繪巻物、繪草紙におきかへる欲望を感じさせるのではないだらうか。

おそらくここから、この三島論は「繪巻物斷想」という題を付けられたのだろう。塚本の三島観が端的にあらわれ出た部分である。塚本はここで、やや自分に引き付ける形で三島の文学に「定型詩的な完結性」を見出している。そしてここでいう「千一夜物語、聖書、あるいは源氏物語繪巻、餓鬼草紙で人と成つた知識人、ある意味での選民達」のひとりにもちろん塚本自身も数えられるのだろう。

また、ここで三島、塚本両者の文学への嗜好の共通点を見出す上で興味深いことに、「千一夜物語、聖書、あるいは源氏物語繪巻、餓鬼草紙」と次々と挙げられていった書名のうち、その筆頭を飾る千一夜物語であるが、これは、三島由紀夫、塚本邦雄共通の愛読書であるばかりでなく、両者ともこの千一夜物語をそれぞれの創作の糧とまでしていた。

三島由紀夫には、千一夜物語の内容をそのまま脚色した戯曲「アラビアン・ナイト」(『荒野より』一九

六七年三月　中央公論社）があるばかりではなく、「岬にての物語」（『岬にての物語』一九四七年十一月　桜井書店）は、「私」が幼い頃、愛読していた千一夜物語を親に取り上げられてしまったことから書き始められ、戯曲「熱帯樹」（「聲」一九六〇年一月）については、三島自身が「肉慾にまで高まつた兄妹愛といふものは、私は昔から、もつとも甘美なものを感じつづけて来た。これはおそらく、子供のころ読んだ千一夜譚の、第十一夜と第十二夜において語られる、あの墓穴のなかで快楽を全うした兄と妹の恋人同士の話から受けた感動が、今日なほ私の心の中に消えずにゐるからにちがひない」（「『熱帯樹』の成り立ち」「文学座」一九六〇年一月）と解説している。そして、この千一夜物語の一挿話はよほど三島の心を捉えていたと見え、『命売ります』（一九六八年十二月　集英社）では再び玲子という女性が、主人公羽仁男に次のように挿絵入りの千一夜物語を指し示す場面が描かれている。

そして玲子がさし示した挿絵のところは、近親相姦の有名な物語で、腹ちがひの兄妹《きやうだい》が道ならぬ恋に陥り、世間の目から身を隠して、地下の墓の中に豪華な部屋をしつらへ、揚蓋《あげぶた》を閉ぢて地上と遮断して、昼夜を分たず、快楽に耽《ふけ》つてゐるうちに、つひに天の怒りに触れて、天の火に灼《や》かれる。父親が隠れ家をつきとめて墓へ入つてきたとき、見たものは、錦繡の寝台の上の、抱き合つた黒こげの屍体であつた、といふ物語だ。

三島由紀夫にとって、千一夜物語は終生忘れることのできない書物であり、折に触れて創作の糧としてきたことが、以上から見て取れよう。

一方、塚本邦雄も次のように千一夜物語を短歌に詠んでいる。

土曜日の父よ枇杷食ひハルーン・アル・ラシッドのその濡るる口髭

千一夜物語《アラビアン・ナイト》の一夜すみれ色にむかし日本橋《にっぽんばし》の

古書街
石榴《ざくろ》捧げて童子奔《はし》れりアラビアに千一夜蘇《よみがへ》
るまで奔れ
千一夜物語《アラビアン・ナイト》童女に讀みきかす伏字本伏しゐる
を起して

一首目、「ハルーン・アル・ラシッド」は千一夜物語中の登場人物であり、この短歌は一九六五年五月刊行の第五歌集『綠色研究』（白玉書房）に収録されている。二首目、「古書街」という言葉が、千一夜物語に頻繁に出てくるバザールの様子を想起させるつくりともなっている短歌であるが、これは一九八四年八月刊行の第十四歌集『豹變』（花曜社）に収録。三首目は、一九九三年三月刊の第十九歌集『魔王』（書肆季節社）の「千一夜」に収録されたもの。そして四首目は、伏字の下には艶やかにも妖艶であるあまり、猥雑と判断されてしまった描写があるのだと想像できるが、これは一九九四年十一月刊行の第二十歌集『獻身』（湯川書房）に収録。ここから塚本邦雄も、三島由紀夫同様、千一夜物語への執着が決して一時的なものでなく、終生変わることのない息の長いものであったことが分かる。

さらに興味深いことに、三島由紀夫と塚本邦雄は同じ中村孤島訳で千一夜物語を読んでいた。松本徹は、神田の古書店でみつけた中村孤島訳・初山滋画『世界童話大系アラビヤン・ナイト』上巻（普及版、昭和九年一月　金正堂）のなかに、満十歳当時の三島のサインがあったことを「十歳の『アラビヤン・ナイト』」（『決定版　三島由紀夫全集』第36巻月報　二〇〇三年三月）において記しているが、塚本邦雄も『詞華美術館』（一九七八年五月　文藝春秋）の「天の鰭」において「それにしても、私は魚のフライを食べるたびに、必ずあの『アラビヤンナイト』の第十九夜、『不思議な魚』の物語の一節を思ひ浮べる。そして一瞬間食慾を喪ふ。だから、私は今でも大切に書架に飾つてゐる中村孤島訳昭和四年刊の版画入本を、幼い子らにも決して貸さないことにしてゐる」と記し、さらに『花より本』（一九九一年七月　創拓社）の「跋濫読のすすめ」にも「嵯峨の虚空蔵菩薩へ十三詣りに行った帰途、新京極の古書店で、中村孤島訳・編の千頁本『千一夜物語』を見つけ、母にねだって買ってもらったのが、私の濫読事始であった」と記している。

他にも、三島、塚本両者の文学作品への嗜好への一致だけでなく、それが海外作品となれば、翻訳へまでも及ぶ例が、ワイルドの『サロメ』における日夏耿之介訳にも見られる。それは三島が『文章読本』（一九五九年六月　中央公論社）において日夏耿之介訳の『サロメ』を取り上げ、また塚本も先ほどの『花より本』において同様に、日夏耿之介訳の『サロメ』を取り上げている点から明らかである。

以上、文学に対する嗜好の共通点から、塚本が三島に共感、同胞意識まで持つようになることは分かるが、それでは一方、三島は塚本の短歌をどのように捉えていたのだろうか。それについては、一九六五年二月十四日付の三島由紀夫から塚本邦雄宛の私信が磯田光一編『塚本邦雄論集』（一九七七年十二月　審美社）に収録されており、そこから読み取ることができる。

むかしの西欧風から、中世日本の語彙に移られても、言語実験としての新鮮さと官能性を毫も失はれぬことに敬意を表します。貴下は、近代日本が忘れてしまつた重要な日本美意識の部分を復活されたのだと思ひます。

これは、そののちに『感幻樂』（一九六九年九月　白玉書房）に収められることになる塚本邦雄の短歌「馬を洗はば馬のたましひ冱ゆるまで人戀はば人あやむるこころ」などについての三島による賛辞であり、この手紙の内容について、篠弘は岡井隆、辻井喬、小池光とともに『塚本邦雄の宇宙――詩魂玲瓏』（二〇〇五年八月　思潮社）において行った鼎談「抵抗としての歌、豊かさとしての調べ」のなかで次のように述べている。

『感幻樂』に収められるその作品を三島さんは非常に買うんです。（……）いわゆるモダニズム風の歌人と認識していたが、そうではなくて、中世歌謡の持っている日本人の美意識と言葉の妙味と厚みをのびやかに生かしている。それまでは自分は上から見ている感じだったと思うんだけど、そこで明らかに評価の視点が変わってくる。

このように芸術に関して、同じ嗜好を持ち、初めは塚本の一方的な思慕から始まった関係であったものが、次第にお互いに認め合い、意識する存在にようやくなっていたことが篠弘の発言から読み取れる。それだけに、三島を失ったときの衝撃は、塚本にとって大きなものであった。

膿盤に霜、はたサン・セバスチャンの腹纏《ま》く
甘き繩目を悼み
刎頸の頸より上に愛ほろぶ　さはれ髪油の
槲苔《オーク・モス》の香

磯田光一は「塚本邦雄論――失われた礫刑を求めて――」（「海」一九七二年十一月号）において、これら『星餐圖』（一九七一年十二月　人文書院）に収められた歌を「三島氏の死を意識して書かれたと思われる」歌として挙げている。確かに、ここで三島は「サン・セバスチャン」に、そして「刎頸」に喩えられているように読める。

『星餐圖』は塚本の第七歌集にあたり、三島の自殺から約一年後に刊行されたものであるが、その跋において、塚本はやはり次のように三島の死について触れている。

『星餐圖』集錄作品制作期間中に、詳しくは昭和四十五年の朱夏と晩秋に、一人の盟友と一人の先達が突如私の視界から姿を消した。いづれも私の生涯にはふたたび得がたい稀なる知音であつた。彼方への遁走の眞意が那邊にあつたか今日も未だ私の理會は及ばないが、それゆゑになほ痛恨は筆

舌に盡しがたく、死者への生者への服喪の憶ひ沈寥たるものがある。私にはかけがへのない複數の鍾子期らのうち、主要な二人と訣れた今彈琴の興もしきりに歇み、しかも斷絃の決意はさらさらない。はるかにひびく「歸去來《かえりなむいざ》」の詞は誘はれ心茫茫たる一年であつた。

　今日その一人の終の栖を天涯の蠍座《スコルピオ》に擬し、また一人の今生の塒を地の果ての人馬座《サジタリウス》にたぐへ、一顆の茘枝一把の苦艾を餐卓に供し、この一巻を心からなる贐詩、誄歌として獻じよう。

　ここで蠍座《スコルピオ》に喩えられた「一人の先達」というのが三島由紀夫のことであり、また人馬座《サジタリウス》に喩えられた「一人の盟友」というのが岡井隆のことである。一九七〇年十一月二十五日に三島由紀夫は衝撃的な自殺をし、同じ年に岡井隆は九州南端の地に身を匿した。三島由紀夫と岡井隆、このふたりをパラレルに並べて提示されてみると、その当時はともかく、今日から眺めてみると、われわれは、その後岡井が歌壇復帰を果たし、現在、歌壇の頂点に立つ存在となっているだけに意外な感じがする。つまり昭和史の重大事件のひとつと一歌人の個人的な休筆期間とは断じて同等なものと見なせないからである。

　しかしだからこそ、これが当時の、塚本邦雄の三島事件に対する認識を如実に語っているといえよう。つまり塚本にとって、三島の死はあくまで一人の作家の終焉に過ぎなかったということである。極言すれば、その動機も自衛隊違憲問題も塚本にはあまり関係がなかった。歌人・岡井隆の終焉（今日から見れば「終焉」ではないが、当時はそう見えたはずである）と同等だったのである。

　塚本にとって三島は専ら芸術の世界において共鳴する人物なのであり、いわゆる三島の文武両道の思想に塚本が共鳴していたわけではない。むしろ三島が自衛隊を敬愛する余り軍事演習に参加し、さらに楯の会を結成、天皇制を唱えるのを目の当たりにして、塚本は当時の多くの者と同様に疑問を抱いていたのではなかろうか。

それにしても、この『星餐圖』という歌集の不思議なところは、明らかに三島の生前に既に詠われていた次のような歌まで、まるで三島への追悼歌のように見えてしまう点である。

すみれ咲く或る日の展墓死はわれを未だ花婿のごとく拒まむ
星菫月李《せいきんげつり》つめたしかもたましひの死地へ初陣をいそぐ　男は

この二首の初出は一九七〇年四月号の「短歌」であり、三島の死より以前に詠われている。しかし「すみれ咲く」の歌は、三島の死後この世に残された者の寂しさを詠っているようにも見えるし、「星菫月《せいきんげつ》李《り》」の歌の「男」とは若くして自らの命を絶った三島のようでもある。これは塚本に時代を先取りする能力、芸術的予知能力とでもいうべきものがあることを示しているのだろうか。無論それもあるだろうが、ここで指摘しておかなければならないことは、塚本にとって、かけがえのない人物との死別は何も三島が最初ではないということである。たとえば杉原一司があげられよう。塚本には、その人物との思い出がかけがえのないものであるがゆえに、作品化することにより、普遍化しようという意志があったのだろう。それにより、これらの歌自体が解釈を限定しない許容力を持つことになったのではあるまいか。

ちなみにこの二首に共通してあらわれた菫と死のイメージは、三島の死後四年半後に刊行された第十歌集『されど遊星』（一九七五年六月　人文書院）に収められた次の歌に継承される。

前《さき》の夜の菫の岸の一滴の血潮　奔馬のオートバイ過ぐ

三島の命日を憂国忌よりも奔馬忌と呼ぶのを好む塚本ならではの歌であり、「菫」が三島の持つ浪漫的な一面を、そして「オートバイ」が騒々《そうぞう》しさと人工的な面をあらわしている。

そしてこの自分にとって忘れられないものを作品化することで普遍化しようという意志は、塚本の場合、自分が体験した太平洋戦争、またその戦後の世の中にまで向けられていた。三島由紀夫と塚本邦雄、この両者を語る際、戦後の混乱期を生きたという事実を抜きにしては語れまい。

原爆忌昏れて空地に干されゐし洋傘《かうもり》が風にころがりまはる

戰死者ばかり革命の死者一人も無し　七月、艾色《もぐさいろ》の墓群

われら母國を愛＊＊＊し昧爽《あさ》より生きいきと蠅ひしめける蠅捕リボン

これらの歌には塚本の戦争に対する強い憎悪が込められている。

一首目の歌は『装飾樂句《カデンツァ》』（一九五六年三月　作品社）に収められた歌である。洋傘がまわっている空地は以前から空地であったはずはなく、原爆によって空地になった土地に違いない。いまはそこに誰一人おらず、洋傘だけが残りまわっている。そんな寂しい光景である。また、洋傘がまわるのは風のせいばかりではなく、かつてそこに住んでいた者たちが霊魂になって戻ってきているからだと捉えれば、不気味ですらある。しかもまわっているのは、和傘ではなく洋傘である。広島の人々は戦争によって自由を奪われたまま死に、死後においても和傘ではなく、外来品である洋傘しかまわせないという屈辱に耐えなければならないのである。これは、霊界までアメリカに占領されてしまったということと実際上変わらない。

そんな空しさが、次の『日本人靈歌』（一九五八年十月　四季書房）に収められた歌ではいっそう広がる。「戰死者ばかり革命の死者一人も無し」というのは、自分の意思を貫いて死んだ者は一人もなくて、皆、自分の意志とは関係なく命令によって死んだものたちばかりだということである。塚本にとって戦争とは、死への恐怖ばかりではなく、自分の自由が奪わ

れ、ただ他人に強制されるだけの日々を送ることに対する恐れであり、苛立ちであった。

三首目も『日本人靈歌』の歌であるが、「＊＊＊」という記号を挟むことにより、その言葉を発する際の躊躇を表している。もはや母国を愛するなどとは、躊躇なしにいうことができないのである。それはなぜか。無論、戦争によって多くの人が殺されたからである。蠅捕リボンの蠅は、無駄死にをした日本人そのものの象徴ともとれる。

しかし塚本の戦争への憎悪は、自分が体験した太平洋戦争のみに対するものであろうか。もちろんそれもあろう。しかしそれを越えて、戦争というものそのものに対する嫌悪にまで広げられていないだろうか。一首目の歌はともかく、二首目、三首目の歌は、世界各地で行われてきた他の戦争について、あるいはこれから行われるだろう戦争について詠っていると捉えることも可能なのである。そのことがいっそう示されているのが、次の『日本人靈歌』に収められた歌ではないだろうか。

冬苺積みたる貨車は遠ざかり〈Oh! Barbara
quelle connerie la guerre〉

この歌の下の句は、ジャック・プレヴェールの詩「バルバラ」の一節をフランス語のまま、大胆にも引用している。この「バルバラ」について塚本邦雄はのちに「『枯葉』の履歴書」（『世紀末花傳書』一九九三年十二月　文藝春秋）において、「軍港ブレスト、廃墟と化した港に佇んで、生き別れの女性に呼びかける男の独白体」とこの詩を説明したのち、次のように記している。

戦中派世代は、港の名をブレストから呉に、横須賀に変えるなら、ほぼ等しい、あるいはもっと深刻な感慨があろう。

塚本邦雄が、短歌に引用した部分、小笠原豊樹訳では「ああ　バルバラ／戦争とはなんたるいやらしさ」となる。戦争を憎悪する思いは、プレヴェール だけのものではない。それを作品化したとき、外国人にも共感、共鳴し得るものとなる。戦中を呉で過した塚本ならば、歌われたブレストを呉に置き換えたのは当然のことである。それだけプレヴェールの詩に、フランスでなくても共鳴できる普遍性が備わっていたということである。塚本の短歌もまた同様である。確かに塚本は呉での敗戦体験から、この短歌をつくったのであろう。しかしこの短歌を鑑賞するときに、呉だけを思い浮べるにとどめることはあるまい。塚本個人の呉での体験を越えて、この短歌もそれ以前に世界各地で行われてきた他の戦争後の情景を、また今後起こり得る未来の戦争後の情景を読者に思い描かせる普遍性が備わっている。

むろん、三島由紀夫も戦後の日本の置かれた現実、とくにGHQに占領されてしまった日本の傷には鋭敏であり、それを数々の作品に描いてきた。たとえばGHQの高官と日本の女性との恋路を描いた戯曲『女は占領されない』(「聲」一九五九年十月)、また敗戦時に切腹して死んだものと思われていた青年が、実は中国で生き延びていて日本に戻ってくるという話である『恋の都』(一九五四年九月　新潮社)には、ラヴ・ストーリーでありながら、敗戦後の日本の世相や風俗がつぶさに描き込まれている。さらに『午後の曳航』(一九六三年九月　講談社)の主人公・登の家は占領軍に接収されている間に改造され、その改造のときにつくられたと思われる覗き穴より、登は自分の部屋にいながら母の部屋を覗くことになる。

この塚本邦雄と三島由紀夫の芸術に対する意識について、磯田光一は先程の「塚本邦雄論——失われた磔刑を求めて——」において次のように記している。

塚本氏にとって、芸術とはもともと虚構の領域のものであり、それは〝虚偽を崇拝する宗教〟と呼んでもよいものであった。そのかぎりにおいて、塚本氏の芸術意識は不思議に三島由紀夫と共通項をもつのである。

磯田光一のこの説は確かに的を射ているものの、しかしいつからか三島は作品化していくことだけにとどめることにむなしさを感じ、現実的なたとえば楯の会の活動を始めることになる。塚本にとって作品のなかで普遍化することのできた戦後の日本を、三島はそれをこころみ、また充分に成し遂げつつ、それでいて踵を返すごとく自身の特殊な体験として現実に適応しようとしていった。

ここで視点を少し変えてみよう。そのために私はここに養老孟司の『身体の文学史』(一九九七年一月 新潮社)を持ち出すことにする。この書の巻末「表現とは何か——あと書きにかえて」には「この『身体の文学史』での私の意図の一つは、三島事件とはなんだったのかを考えることだった」と記されているからである。養老はこの書で、芥川龍之介の『羅生門』(「帝国文学」一九一五年十一月)や大岡昇平の『野火』(一九五二年二月 創元社)を例に取り上げ、『羅生門』では老婆によって行われる死体の毛髪を抜くという行為が不倫理なこととして描かれている点、また『野火』において兵士の死体が正視に耐えられないものとして扱われている点を指摘し、日本において身体がいかに不当に禁忌とされ、隠蔽されてきたかを明らかにしている。解剖学者として常に死体を正視しなければならない著者ならではの鋭い切り口といえよう。そのようにして最も身近な自然の脅威であるところの身体を、隠蔽したり扱いやすいものに捉え直してきた日本の文学史が説明されている。そんななかで三島由紀夫は逆に身体表現に向かった作家として語られる。といって、三島が表現した身体は、ありのままの自然な身体ではなく、頭の中で組み替えられた極めて人工的な身体であったという。

養老は「三島の首」のイメージとして、ペンフィールドのホムンクロスを挙げる。これはヒトの脳の一次運動野に、身体がどう表現されているかを示した図で、口の部分がむやみに大きく、手では親指が、逆に背中はごく小さく、足は末梢の方が大きい、首が捻れいびつな格好をした小人の図である。養老がそうイメージするのはつまり、三島がありのままの自然な状態にある身体を一切認めず、極めて頭でっかちに頭のなかで組み直された身体のみを信じ、それに徹していたためである。その結果があのボディ・ビルで鍛え上げた極めて人工的な肉体であり、割腹という作法に乗っ取った死ということになる。「三島は自己の身体まで動員して、自己の『表現』を貫徹したわけではないか」「もし三島を文学者として捉えるなら、三島の生首ですら、表現以外のものとして捉えるべきではない」と養老は記している。つまり三島は、自分を取り巻く社会全体を劇場に見立て、自分自身をもその劇の登場人物のひとりとして自己演出をしていたということである。そして三島はその演技の最中、その演技によって死んだということになる。「身体のその機能をことばで補うこと、三島はそれが不可能であることを、身をもって証明して見せたのではないか」。そう記したのち養老は次のように結ぶ。「明治以降、われわれは身体表現を消し、言語表現を肥大させてきた。それに対して、三島は身体表現へ向かう時代の必然性を、自己の内に体現していた」。

一方、塚本の属する短歌の世界ではどうだったのであろう。「身体に向かう時代の必然性」は認識されていたのだろうか。そのことを端的に表した例が中城ふみ子の登場だった。中城は一九五四年「乳房喪失」によって、第一回「短歌研究」五十首詠に入選した（「短歌研究」一九五四年四月号）。それは自らの乳癌に冒された身体を大胆に詠いあげたもので、歌壇に衝撃をもたらした。

もゆる限りはひとに与へし乳房なれ癌の組成を何時よりと知らず

失ひしわれの乳房に似し丘あり冬は枯れたる花が飾らむ

乳牛の豊かなる腹照らし来し夕映ならむわれも染まらむ

一首目は身体が癌に冒されていることを知らされたときの衝撃であり、二首目は切除手術により身体の一部を失ったことへの悲しみと消沈の告白であり、三首目は「乳牛の豊かなる腹」にあやかって豊かな生の世界に立ち戻りたいという祈禱である。これらの歌は大胆かつ悲愴に身体を詠いあげてはいるが、むしろそれゆえに三島の身体表現に見られる人工性、虚構性とは遠い存在である。

　そしてこのありのままの身体表現に誰よりも反感を覚え、逆に自らの身体的欠陥をけっして詠わないことを、創作方針にしてデビューしたのが、第二回「短歌研究」五十首詠の入選者、寺山修司であった。杉山正樹は『寺山修司　遊戯の人』（「新潮」二〇〇〇年七月号）において次のように記している。

> 寺山はどんなに瀕死の重態に陥っても、作品の上では、地声で悲鳴をあげたりはしなかった。青森大空襲で罹災し、太平洋戦争で父が戦病死し、敗戦直後から米軍基地で働いていた母が九州に去り、自分は生活保護を受けながら重病にあえいでいることなど、病床で過去をありのままに詠《うた》いあげれば、それだけでどんなに反響をよぶか、乳癌で夭逝した中城ふみ子の先例からもよくわかっていたはずです。

　そして寺山は「反自然的な藝術の世界、ほとんど工飾的《アーティフィシャル》と呼んでもいい領域」に入っていったと杉山は記している。これが磯田光一のいう「虚構の領域」、塚本と三島の共通項と通ずるものであることは言うまでもない。しかしそれはまた『羅生門』『野火』の身体表現を禁忌とした時代への後戻りとも捉えられる。その後、寺山は短歌を離れ、演劇の世界においてむしろ伸び伸びと虚構としての身体表現を行うものの、短歌の世界では、身体表現は避けられていた。そんななか、あくまで短歌という言語芸術のなかで虚構としての身体表現を試みていたのが塚本邦雄だった。

> ロミオ洋品店春服の青年像下半身無し＊＊＊
> さらば青春　　　『日本人靈歌』

『日本人靈歌』に収められたこの歌はしばしば、塚本の語割れ・句跨りの例として引かれることが多い。しかし、注目すべき点は、そのようなギクシャクしたリズム感だけにあるのではない。歌われた対象そのものに注目すべきである。ここで歌われている「青年像」はマネキンである。マネキンといえば、キリコのフェラーラ時代の絵を思わせる。マネキンを対象にすること自体、アバンギャルドな行為であった。このような複製物を描くということは、主体の喪失した時代の到来を告げるものであった。塚本は時代の流れに敏感に反応していた。もはや歌われる対象も人間そのものではなく、人間をかたどったもの、人間のコピーとなった。しかし塚本はさらにそれを反転させている。冷たい印象のあるマネキンという人間のコピーに再び人間らしい温かな血を注ぎ込んだのである。つまり上半身のみのマネキンを見て敢えて「下半身無し」ということにより、「下半身」という言葉がしばしば生殖器を示すことに用いられることを利用し、その「下半身」の喪失から、性的能力の喪失を匂わせて、「＊＊＊」という記号によって絶句を表現し、最後にとどめを打つように「さらば青春」と駄目押しをする。ここで作者は人間のコピーであるマネキンを見ながら、逆に生身の人間そのものに方向を変えて詠んでいるのである。現物から複製物へという従来の流れに反した、複製物から現物へといった逆行する流れが見て取れる。まさに塚本は「虚構の領域」を用いて身体そのものを表現したのである。言葉の連想からマネキンを擬人化したともいえよう。夏服でも冬服でもなく敢えて「春服」としたのも、そこから「青春」へと話題を転ずる呼び水的役割を担わせるためである。そうはいうものの、一首を上から下へ読み通すとき、この歌は「下半身無し」までは、極めてリアリスティックな描写に過ぎないともいえる。ここまでは、超現実的なあるいは幻想的な世界を描いているわけではないともいえる。それが「＊＊＊」を挟み、「さらば青春」という言葉が結ばれるとき、瞬時にして、まるで騙し絵のように景色が一変し、マネキンが体温を持つようになる。まさに、これは騙し絵である。作者はマネキンを見ても、それを見たまま描くだけでは終わらなかった。その像をもう一度脳裏で反芻した。それが「＊＊＊」という記号で表現されている。この間に、作者は視点を変えた。すると騙し絵のごとくマネキンが体温を持ったのである。視点の変化、つまりはもうひとつの視点を持つこと、これが塚本短歌の最も基本的な手法であり、既成の短歌を打ちくだいていくための最大の武器であった。同じ身体の欠落を描いていてもここには中城のような悲愴さはなく、むしろユーモアがある。ありのままの身体ではなく、虚構としての身体を描いたからこそ、このようなユーモアを生み出すことに成功したのである。

突風に生卵割れ、かつてかく撃ちぬかれたる
兵士の眼　『日本人靈歌』

目に見えぬ無數の脚が空中にもつれつつ旅客
機が離陸せり　〃

橋より瞰《み》おろしし情事、否かたむきて鋼《はがね》のく
づをはこぶ船あり　『緑色研究』

これらの歌においても、塚本邦雄はもうひとつの視点によって、身体を他の物に転化させたり、あるいは身体を比喩として用いて他の物を表現したりしている。しかしその比喩は、比喩として物を形容するに留まらず、比喩自体が主題に取って代ってしまうように用いられている。つまり物は比喩されることで分かり易くなったり、手なづけられたりすることはなく、さらに別の問題をはらむ形となる。ここでは身体は、ありのままの自然な姿で語られるよりも、他の物に転化されることによって、その本来持っている自然の荒々しさと脅威をわれわれに見せつけているのである。

われわれは突風に生卵が割れる光景など見たことはない。どんな突風であろうと、卵の堅い殻を割るのは容易なことではない。われわれがここで想像するのはただ空気銃で撃ち抜かれる生卵の様子である。

堅い殻でもいったんひびが入ると、そこからとたんに脆くも潰れ、黄身と白身が勢いよく飛び散る。その模様がとたんに騙し絵のごとく、銃弾に撃ちぬかれた兵士の眼と変わる。単に眼球だけを描くより、われわれが日常生活で必ず目にする生卵を例に持ってくることにより、その脆さを生々しく表現しているといえるだろう。また、兵士の眼はそれまで逆に敵兵に向かって照準を合わせていたのだと捉えると、優位に立っていたはずの者が一転して、脆くも潰されることが、卵の殻の堅さとそれが割れたときの脆さに呼応して、無常感をかもし出す。強さと脆さが紙一重であるという現実を見事に歌い上げているといえよう。

二首目の歌の「脚」とは「無數の」とあるので乗客の足とも読めるが、ここでは敢えて、飛行機の車輪と捉えておきたい。そしてそれは空中では機内に格納されているのであり、けっして情事を働いているわけではない。しかしそれが「目に見えぬ無數の脚」という表現が取られたとき、先ほどの「ロミオ洋品店」の歌と同様に、擬人化が起こる。「目に見えぬ」のは格納されているから見えないだけなのだが、まるでお互いに頷きあって急にパーティの席上から姿を消し、薄暗い部屋のなかに入って行く男女のカップルを読者に連想させてしまうのである。「脚」が「もつれ」るという表現が、性行為を暗示させているのはいうまでもない。飛行機の離陸から、そんな情事を匂わせる光景を連想する視点を持つこと、それ自体がこの歌をユーモラスにしている。ありのままの身体を描いた中城の歌が、結局「もののあはれ」の文学を継承するに過ぎないのに対し、虚構の身体を詠う塚本の歌はユーモアを目指すのである。

三首目の歌では、「情事」が「鋼《はがね》のくづをはこぶ船」と捉えられる。もちろん「否」という形で否定されるものの、それが逆に、見誤ってしまうほど似ているということを表している。鋼のくずの積み重なりが、情事の際に絡め合わされる腕と脚を連想させる。また「鋼《はがね》のくづ」から、情事を行っている両者の関係は、既に錆び付いているものと想像されるが、その情事そのものは、けっして淡泊なものではなく、ベッドが「かたむ」くほど揺れが激しい、濃厚なものであることと推察される。

　以上、見てきたように塚本邦雄も、三島由紀夫と同じように「身体表現に向かう時代の必然性」を感じ、それを実践していたことが分かる。と同時に、その身体を表現する際もけっしてありのまま表現することはせず、視点をずらしたり、連想で導いたりして、脳の中で捉え直したものを表現してきたことも三島と共通するところである。

　それでは三島の死後、塚本短歌には何らかの変化が生じたのだろうか。三島の死は、やはり養老のいうように「身体のその機能をことばで補う」ことが不可能であるという証《あかし》であり、それを目の当たりにした塚本も「虚構の領域」で身体を詠うことを諦め、やめてしまったのだろうか。答えは、否である。塚本はその後も「虚構の領域」で身体を詠い続けた。

　愛人の息はげしくて掌上《しやうじやう》の石榴の龜裂《クレヴァス》を深うせり

　一九八六年九月刊行の第十五歌集『詩歌變』（不識書院）収録の短歌である。これまで見てきたように、塚本の身体を詠んだ歌には、性にまつわる歌が多いが、これもその一例である。ここで塚本は女性の陰部を「石榴の龜裂」に喩えている。しかし、言うまでもないことながら、これは性の持つ生々しさを隠蔽し、われわれにとってお馴染みの害のないロマンスに閉じ込めてしまうような比喩では断じてない。「石榴の龜裂」と言われることによって初めて、われわれは逆にそこに現実の生々しさを突きつけられることになるし、また、このような連想による比喩そのものが、性行為の身体的な動きだけを描くのではなく、その間、脳のなかを駆け回る幻想性をも表現しているといえるだろう。仮りに「石榴の龜裂」という部分を「女性の陰部」と置き換えてみれば、それは一目瞭然である。使い古された言葉の組み合わせでは、一回、一回の性行為が持つ新鮮さと官能を表現することはできず、ただ疲れ切った、品のない行為としか読者には映らなくなる。ただ他人の性行為を、まるで浮気の現場を撮り収めることを依頼された探偵業者のレポートのように記すならともかく、作者が作中の行為者であると見間違うほどの臨場感を持たせるためには、常に言葉を新たに組み合わせ直さなければならないのである。

塚本邦雄の特徴は、あくまで作品の内部で身体を扱っていたことである。三島がボディビルや割腹自殺という形で、自分が頭のなかで考え出したことを現実の身体に投射しようとしたのに対し、塚本邦雄は作品の内部から外側には出なかった。

しかしそれゆえに、三島の死後も「身体のその機能をことばで補う」こころみをやり続けることができたといえる。現実世界において三島が不可能であることを示したことも、作品の世界では可能であったということである。そして、それが塚本にとって忘れがたいものを、大切な事柄を、かけがえのないものを、普遍化する方法であった。

（『短歌定型との戦い』二〇一一年四月）

自分に戻ってくる言葉
——短歌の「解釈」と「鑑賞」

与謝野晶子は、数詞を使うのが非常にうまい歌人ですよ——私にそう教えてくれたのは塚本邦雄である。二十五年前、近畿大学の教室においてであった。

そのことを思い出したのは、最近文庫化された『秀吟百趣』を読んだからである。塚本邦雄のこの本は、秀歌五十首秀句五十句をそれぞれ選び出し、それに鑑賞文を添えたものである。そのなかで塚本は与謝野晶子の歌を二度に渡って取り上げているのだが「私は彼女の、やや幼稚な、しかも驕慢《けうまん》で手のつけられぬ青春歌はあまり好まない」と辛辣に評し、さらに「彼女の特長は決して、黒髪の、乳房の、やは肌の、といふ、派手な饒舌體《ぜうぜつたい》にあるとは考へられない。簡潔でしかもうるほひのある表現力、鮮明な心の景色を一筆で描きおほせる智慧、そして何よりも古典と競ひ立たうとする、その心意氣こそ評價さるべきだ」と独自の見解を示し、その例とばかりに、すぐ後に与謝野晶子の歌を五首、挙げている。

百二十里かなたと星の國さしし下界《げかい》の京のしら梅月夜　『小扇』

眼のかぎり春の雲わく殿《との》の燭《しよく》およそ百人《ひやくにん》牡丹に似たり

廻廊《くわいらう》を西《にし》へならびぬ騎者《きしや》たちの三十人《にん》は赤丹《あかに》の頬《ほ》して　『舞姫』

春《はる》いにて夏《なつ》きにけりと手《て》ふるれば玉《たま》はしるなり二十五の絃《いと》

水引《みづひき》の赤《あけ》三尺《じやく》の花《はな》ひきてやらじと云ひし朝露《あさつゆ》の路《みち》

以上、五首とも全て数詞を詠み込んだ歌である。思い出してみれば、塚本がここで挙げなかった与謝野晶子の有名歌にしても、数詞を詠み込んだものが多い。

その子二十櫛《はたち》にながるる黒髪のおごりの春のうつくしきかな　『みだれ髪』

夏のかぜ山よりきたり三百の牧《まき》の若馬《わかうま》耳ふかれけり　『舞姫』

与謝野晶子の歌にあらわれる数詞を見ていくと、その的確なことに驚く。目分量でだいたいのところを捉えているにしても、実際そう大きく違っていないのでは、と思わせる。さすがに生まれは争えない。商人の子の眼だと思う。

それでいて、もちろんそれだけではないと思わせるものがある。つまり商人にとって数詞は、単に量や長さをはかる記号であり、それ以上の意味をそこに持たせはしない。ところが晶子は記号にとどめてはいない。そこに他の意味を被せている。それは、商家への反逆の証であり、歌人としての自分の存在の証でもあろう。

塚本邦雄が与謝野晶子の数詞の歌に注目したのは、なぜだろう。さまざまな理由が考えられようが、私は塚本邦雄、与謝野晶子ともに商家に生まれ、その家を捨て去るように飛び出し短歌の世界に入ったという共通点を見逃してはならないと思う。

つまり塚本邦雄にも晶子と同じような商家に対するコンプレックスがあったからこそ、晶子の数詞に敏感になれたのではなかろうか。そしてそのことによって新しい与謝野晶子像を提示できたのではなかろうか。

このように仮定してみると、私には必ずしも歌の解釈、鑑賞において、評者自身の「私」を殺し、客観に徹する必要はないように思うのである。むしろ「私」だからこそ見出せることがあるはずである。たとえば商家に対するコンプレックスがあるからこそ、作品に共鳴し見出せるものがあるということである。

かつて塚本邦雄自身、近畿大学の教壇から私たち学生に「壮麗な獨斷と爽快な偏見を發條とせぬ立論や創作は空論に等しい」と何度もくりかえしていた。そのことは、第二十三歌集『詩魂玲瓏』の「跋」にも記されている通りである。

　もちろん、だからといって何をいってもよいということではあるまい。自分の発した言葉には責任を持たなくてはならないだろう。そうでなければ言葉はあまりに軽く、信用するに足りないものになってしまう。

　では、発した言葉に対する責任とは何か。

　私はまず、自分の発した言葉は、やがてそのまま跳ね返って自分に戻ってくるものだという自覚を持つことだと考える。そしてその覚悟の上で初めて言葉を発することである。

五月祭の汗の青年　病むわれは火のごとき孤獨もちてへだたる　『裝飾樂句《カデンツァ》』

イエスは三十四にて果てにき乾葡萄噛みつつ苦くおもふその年歯《とし》

錐・蠍・旱・雁・掏摸・檻・囮・森・橇・二人・鎖・百合・塵　『感幻樂』

一瞬の春なりければわれは食《を》す針魚《さより》十三糎《センチ》のいのち　『豹變』

玩具函《おもちゃばこ》のハーモニカにも人生と呼ぶ獨房の二十四の窓　『約翰傳僞書《ヨハネでんぎしょ》』

　塚本邦雄は、与謝野晶子と競うように歌のなかで数詞をいかした。むろん塚本はそういわれることを覚悟していたであろう。いや、そういわれることを本望としたはずである。

（「短歌研究」二〇一六年六月号）

解説

『未来世紀ブラジル』を超えて

――第一歌集『裸子植物』評

和田大象

『塚本邦雄と三島事件』で現代短歌評論賞を獲得。文学史上にひときわ眩しい光と影を撒き続ける二大カリスマにがっぷり四つにとりくんだ力作で堂々デビューの小林の第一歌集である。

「もし一行で世界を鷲掴みすることができないなら、短歌に芸術的価値はない」とあとがきで宣言。その決意たるや新人の潔さとほほえましく受取りはするが、歌集作品群はそのマニフェストを裏切っている、快く。生真面目な作者の設計意図とは違ったのか、結果として三百三十二首が重層的に折り重なって迷宮的な神話的世界が構築されているではないか。

　消せども消せども市営地下鉄の壁に浮き出づる黙示録

「言葉いづこに流れ奔るや」空心町二丁目の電停も滅びて

サーカスのテントがありし芝生のみ色濃くそこに奇形の菫

それではこの世界の住人達を紹介しよう。

海豚ショウ司会者発狂降板を告ぐる水族館内放送

地下墳墓《カタコンベ》案内係の前歴は伏せられ闇のなかにて施錠

日雇ひの女給の脹《ふく》ら脛《はぎ》すらも売却済なり料亭「羚羊《かもしか》」

日章旗その「日」がころり抜け落ちて以後盲目の兎男爵

　いささか面妖な隣人たちには、焼鳥屋で串の数誤魔化す禿げのパパゲーノや義足が軋んでブラインドに縛り上げられる掃除夫。風鈴屋のひとり娘は蒸発し、ピアニストは凍死、二重まぶたの女医がまばたきしている横で性転換者は肋骨の数を気にしているという案配。
まだ訪れた人のないどこにもない架空の街のようで、どこか地の底の古層にある都市に一首ごとに盲目のまま案内されていくような仕掛け。かつての名画『未来世紀ブラジル』を超える展開にワクワクだ。果たして主人公一家は何者か？

山林警備隊の曾祖父の遭難は虹のかけらの散らばる夜に
レイキャビクのトイレで凍死せし祖父を偲び今宵は北ウィング
つひに隠花植物図鑑一巻を暗記して痩せほそるか次男は
声高に話す八百屋のおばさんを母と決めたり五月、日曜

リオデジャネイロの土産のアパートの窓から巨大なおっぱいをはみださせてしゃべっている女の陽気さに比べて、この男たちの陰気臭さはどうしたことだろう。とはいいつつ、ひとりひとりの奇妙なキャラクターは明確。一家の構成を通して民族の連鎖に思いは及ぶ。

「共感などという皮膚にべっとりと吸い付いてくる感情は、私の性に合わなかった」「異質なるがゆえに、目を逸らすことができないという存在が世の中にはある」と小林が目指す世界の構造がここに明らかになった。
短歌的抒情は極度に排除され、そのかわりにスケールの大きな叙事詩的世界が展開されていく。日本文学がことに小説のジャンルで閉塞状況が問われたときに、ガルシア・マルケスの『百年の孤独』を筆頭とする南米文学が大きく見直された。寓話が持つ神話的スケールはたまらない魅力を発散していた。一個の人間の悲劇は民族の喜劇でもある。エスプリなどと小賢しいセンスより、土俗が持つ根源のブラ

ック・ユーモアこそ、われわれが求めていたものではなかったか。

小林の志向する短歌は、従来の形式に添う古典的な要素を遵守しながら、内実は伝統を逆手に、とてつもなく新しい戦いをしているのだ。その真剣さが面白いのである。

シェラネヴァダ山脈黒く塗り潰す核汚染後の
地理講座にて

亜細亜《あじあ》とはかつて土耳古《とるこ》を示したり半音階の
歴史の隙間

イスパニアその幻惑と幻滅の間《ま》に血の色のト
マト転がる

ブラインドその襞ごとに王朝の転覆があるチ
リの地理室

空間をまたいで異文化への目線もユニークである。ミズーリ州から大降の雨を呪う一家が来訪したり、太股の太さを競っているフィレンツェの修道女たちは不眠症、水の都ヴェネチアのゴンドラはスキャンダルを聞けば船足が速くなるとか。どうやら歌集を読む楽しさには、こんな舞台設定があってこそ一首がしなやかに立ち上がってくるようである。

抜歯後の頬の痺れはカムチャッカ半島に棲む
妖精の声

アステカの幾何学模様なぞりたり母に言へざ
る秘密を抱《かか》へ

ホームより未知なる世《よ》への誘《いざな》ひか乗つてゆき
たし「この駅止まり」

短歌は三十一音、一行の詩として成立するものだ、という考えは正しい。と同時に『裸子植物』のように、三百三十二首が大きなうねりの構造を孕んで一大世界の歴史を物語りつづけてゆく叙事詩として登場することも、正しい。多様なトポスから短歌とは何か？を問い続けている小林の批評精神が、ユーモアの形となってあらわれた結果であろう。

欠陥がロマンになりてやや苦《にが》し母の時代のフ
　アンタ・グレープ
ヒトラーの髭昨夜より湿り気を帯ぶ落丁の
　『わが闘争』に
磔刑の男に未来の罪までも奪ひ取られて二〇
　〇一年

短歌の未来世紀旅行のために、さらなる毒杯を仰がねば。

（「玲瓏」52号、二〇〇二年七月）

巧緻さと素朴さ

吉川宏志

小林幹也さんとは、超結社の神楽岡歌会でしばしばご一緒する。今回の歌集『探花』には、その歌会に出された作がいくつか含まれていて、やはり印象深かった。

また遺族がしやしやり出て来て立ち消えのヴ
　ェスヴィオ社版「火の鳥」叢書

後期塚本邦雄の影響が強い歌だが、こうした作品は、掌編小説を想定して読めばいいわけである。ある作家の死後、出版社がシリーズ本を出そうとするのだが、著作権継承者である遺族が口を出してきて、企画がつぶれてしまう。現代では、著作権がかなり厳しく主張されるようになってきたので、こういうことはよく起こっているのである（短歌の世界でもある……かもしれない）。作者は、権利をふりかざす作家の遺族に対して、皮肉な目を向けている。広い意味では社会詠（時事詠）的な要素ももっている歌だ。

ただ、それだけでは歌は終わらない。「しやしやり出て」は日常的な言葉だが、短歌の中で用いられるのは稀だろう。しかも旧仮名で書かれているので、なお一層、異様な印象を与える。俗っぽい言葉を短歌の中であえて使うことによって、読者をぎょっとさせるような効果を生み出すことができる。作者はこうした言葉のメカニズムに非常に敏感なのだ。

また「ヴェスヴィオ」はポンペイを滅ぼした火山の名前。そして「火の鳥」は灰の中から蘇る不死鳥であり、「立ち消え」も火の縁語。燃えたり消えたりしながら、火のイメージはつながっている。二重、三重に言葉の仕掛けがほどこされているのである。

　いつでもどこか改装中の百貨店　またあきもせずダリ展があり

これも似た傾向の歌。上句の百貨店がいつも改装しているという風景は、しばしば目にするものである。改装するたびに、ビル内は迷宮のようになっていく。それがいかにもダリの画風と合っている。「またあきもせず」という嫌味なつぶやきも、おもしろいところだ。

　麓迷亭の主《あるじ》亡くなり強風に吸殻が舞ふ葬式である

この歌などいかにもフィクションのようだが、インターネットで検索すると、「麓迷亭」は近畿大学文芸学部の教授だった故・後藤明生氏の雅号であるらしい。そういえば作者は、近畿大学文芸学部に勤務していなかったか。それならこの葬儀は実景なのだろうか。虚実の境目を見分けるのは、じつに難しいものである。

こんな謎解きを楽しむことができるかどうか。それによって、読者の好き嫌いが分かれてしまう歌でもあろう。たしかに〈感動〉を与える歌ではないし、難解なので敬遠されがちだ。しかし、こうした衒学的でトリッキーな作品も、現代短歌の重要な一面なのである。『探花』では、

杜子春が途方に暮れし夕闇と思ふ中書島駅を過ぎ
テーブルに散らばる山椒そのままにジュール・ヴェルヌ忌むかふる食堂
胴体にあまた漢字を書き付けて台湾バスの芳一もどき
古き校舎の壁に木漏れ日　かつて騎士ロランの休みしところを示す

といった歌を私は好む。四首目の「騎士ロラン」は、中世ヨーロッパのシャルルマーニュ伝説を素材にしているのだが、別にそれを詳しく知らなくても、読者は古い壁画のようなイメージを味わえばいいのである。小林幹也は、そのあたりかなり親切に歌をつくっている。

ただ『探花』には、生活をもっと体感的に詠んだ歌もあって、それがこの歌集の温かくやわらかな味わいを生み出している。

シロップの蓋に映るはわが顔のどこか分からずお見合ひのとき
ビニール傘をさしたる巫女が通り過ぎぼくははじめて雨に気付きぬ
雨宿りせし軒先は見つからず記憶のきみはまた靴を脱ぐ
まだ冷めぬ骨を拾へばわが首にぴたりと髪が張り付いてゐる

コーヒーのシロップの銀色の蓋に映る自分の顔がどの部分かわからない、という把握はとてもリアルなものだ。それが本当に見合いの場であったかどうかはわからないが、「お見合ひのとき」という結句は

意表をつき、ユーモアがある。三首目は、好きだった女性と雨宿りしたことの回想だろう。記憶の中には、雨に濡れた靴を脱ぐ動作が、くっきりと残っており、それを何度でも思い出すことができる。けれども、あの「軒先」はもう残っていない。記憶の切なさを、ひりひりと感じさせる歌である。四首目は祖母の死を詠んだもの。下句の髪の描写がなまなましい。

訃報より目をあげ硝子窓を見る　くつきり室内灯のみ映る

この歌集には師であった塚本邦雄を追悼する歌もいくつか含まれている。この一首は、死を聞いてぼうぜんとした瞬間が、「見る」「映る」という現在形の動詞で捉えられていて、実感があるとおもう。小林幹也は、塚本の巧緻な表現を継承しつつ、もう少し素朴な身体感覚のようなものを歌おうとしている感がある。その一歩外側に踏み出そうとしている感じが、『探花』の豊かな魅力になっているのではなかろうか。

（『探花』栞）

現実は前衛短歌の敵か
——小林幹也論

島内景二

塚本邦雄は近畿大学教授として、小林幹也、森井マスミ、楠見朋彦という三俊才を育てあげた。小林幹也は、最も研究者としての資質に恵まれている。小林つまり、良識と常識の持ち主である。幻想・反現実をモットーとする前衛短歌ではあるが、最も現実寄りの領域で、果敢な言語活動を実践すること。それが、塚本邦雄という「天」が小林に与えた使命だった。

小林の知性は、思索に耽り沈思黙考するための時間、すなわち、孤独な沈黙を母胎としている。『探花』の最大のキーワードは、何と言っても「沈黙」と「静寂」だろう。

世界より一切の音掻き消してワイエスの絵の
麦穂は揺らぐ

小林の心の中の「静寂」の世界は、「知性」だけでなく、さまざまな「霊」の住みかでもあった。彼の知性は、霊性でもある。そして、静寂を破るのが、「日常」という現実である。

有線を消して事務所を抜け出づるしじまに霊
は紛れ込むもの
静寂を包む詩形を懐かしむ御所二周する部活
を見つつ

静寂は、破られるためにある。男一人の孤独な思索は、師との対話や、友との語らい、妻との語らいや、子育てという「人間関係」によって、しばしば破られる。

「あとがき」によれば、歌集タイトルの「探花」とは、超難関として知られる中国の官吏登用試験「科挙」の第三位合格者のことである。受験産業界に身を置く自分自身が、科挙の世界と重ねられている。だが、それだけではない。

蒲松齢の『聊斎志異』には、頻出するストーリーがある。ありあまる才能を持ちながら、科挙に落第した失意の青年が、人間以外の植物や動物の霊と交感し、非現実の世界で真の生き甲斐を発見する、というパターンである。科挙は、合格者が少ないのではない。ほとんどが落第する試験である。だから、科挙を目指す者の多くは、永遠の受験生のままで一生を終える。

　　将棋倒しとなる受験生夢に見て目覚めしのち
　　　の口蓋渇く

科挙の受験生と同様に、小林幹也もまた「人生の受験生」という実存状況から、死ぬまで逃れられない。人生には、「夫の関門」や「父の関門」などが、いくつも待ち受けている。我々は、「男の関門」「歌人の関門」「弟子の関門」「研究者の関門」「社会人の関門」などを、かろうじてくぐり抜ける。しかし、「自分に至る門」の、何と見つけにくいことか。挫折は、どこにでも口を開けて、我々の転落を待ち構えている。

　　風呂釜の炎を覗く人生の目標をまた先送りし
　　　て

「人生の目標」を遂げ得なかった者の心の無惨を語るのが、「貴種流離譚」である。『探花』には、人生の途方に暮れた杜子春、太宰治、そして源義経などの名が、いくつも見える。彼らはすべて、小林幹也の分身だと考えられる。

　　義経岩《ぎけいがん》バスの窓より眺めたり職場から去る無
　　　念に重ね

短歌の中で貴種流離譚の主人公となった小林は、『聊斎志異』の科挙に失敗した若者と同じスタート・

ライン立たされる。異界、そして異人という「反現実」との距離の取り方が、最大の課題であるわけだ。ちなみに、小林の世界観は垂直軸で形成されており、上を見上げる視線と、上から見下ろす視線に特徴がある。異界は、天にも地下にもある。

天窓にへばりつきたる枯葉見る八幡宮の御手洗ひにて
見張り塔からわれを見おろす　ブルドックソースが実家の卓上にあり

小林は、『聊斎志異』の男たちのように、科挙の不合格者であったとしても、天界や冥界の女と結ばれ、自らも異人となる可能性に、賭けようと思わないではない。現実に破れた者が、芸術と幻想の力によって、現実を見返すという「荒ぶる心」の一発大逆転。だがそれは、小林の本質ではなかった。

のつそりと難波宮《なにはのみや》を行く犬を「あなたみたい」と君は指差す

この「犬」は、「あなたらしくもなく、あなたが願う異人としての存在」という意味だろう。幸いなことに、「あなた」と呼ばれる「私」は、犬ならぬ人間として、この現実社会を生きている。「私」は、『聊斎志異』の男たちのようにはならずに済んだ。小林は、夫と父という実存条件を潔く引き受ける。『探花』には、小林幹也の結婚、愛嬢の誕生、娘の成長を歌った作品が多い。いずれも佳い歌である。「異界」と「異人」へ吸引されがちな小林の心の綱を、しっかりと握りしめ、現世へと引き戻すのが、「妻」と「娘」の役割だった。

ここで、タイトルに戻る。「探花」とは、科挙の三位合格者に与えられる称号だった。小林幹也は、人間として合格したのである。彼の軸足は、異界ではなく現実の側にある。小林は、不如意な現実世界の中に、「花」を見つけた。そして、現実の側に身を置き、「現実」なるものの正体を見届けようとする。現実は、はたして芸術の敵なのか。それとも、味方なのか。

小林幹也の心には、まだ異界を志向する心性が残っている。それが、前衛精神だからである。師の塚本邦雄は、会社員として、大学教授として、家庭人として、見事なまでの常識人であり、現実的な処世術を身につけていた。と同時に、芸術家としては、現実に対する烈しい憎悪を、終生、燃やし続けた。

好漢・小林幹也よ。現実になずみ、圭角を失うこと勿れ。だが、次の歌を読むかぎり、心配はない。

温室胡瓜《きうり》ゆるやかに時を歪ませてその代償に
失ふまるみ

安全と資格の代償として歪みを失うのではなく、むしろ歪みの代価として丸みを失うのだ。この志で、常識人として社会を生きぬき、なおかつ現実を脅かす破壊力を鍛え上げてほしい。

仮名手本忠臣蔵をかつて師と見し日がよぎる
雪の府庁舎

小林幹也よ。内匠頭を慕う内蔵助の如く、亡き塚本邦雄を仰ぎ見、次なる第三歌集で「討ち入り」を断行せよ。真の敵は誰か。勝利の代償は何か。塚本邦雄の最晩年の志と無念を、真に受け継いだのは小林幹也であることを、天下に明らかにせよ。

（「玲瓏」76号、二〇一〇年六月）

着地点を模索して

――歌集『九十九折』

桑原正紀

小林幹也の第三歌集に当たるこの『九十九折』を読んで、第一歌集の『裸子植物』からずいぶん遠くに来たなという思いをまず抱いた。

元旦のめでたき朝の浴室を解凍途中の鱈が占めたり
送電線の向かうに夕暮どきがあり妻は花屋に立ち寄るといふ
パンフレットラックと観葉植物の葉が擦れ合へり弥生の風に

冒頭からさりげない日常を詠った作品が並ぶ。それぞれ何でもないようで、一首一首に小さなドラマと奥行きがあってしばし立ち止まらされる。

わが人生日向日陰と入れかはる九十九折ゆくバスに乗せられ
なぜか的をはづしてばかりぐらぐらとトマトの赤の夕暮煮えて

こうした歌はやや境涯に踏み込みすぎている感はあるけれども、気取らない素顔には好感が持てる。どうやら小林は創作のステージを、日常と素顔を晒すことにシフトしつつあるらしいことに気づかされる。一方で、第一歌集の痕跡といっていい作品も認められる。

生涯に千五十一の橋渡りルネ・マグリットは馬車を降りたり
ウォータールー駅にたなびけ夕靄よ金管楽器の音色とともに
ぎこちなく正装したる叔父の背よアントン・レーダーシャイトの素描

塚本邦雄直伝と言うと語弊があるかもしれないが、これら固有名詞の効果を最大限に生かした歌に代表されるような、観念に赴きがちな作品の存在も見逃せないのだ。

小林はおそらく、この両者の間で揺れつつ着地点を模索しているのだろう。それも、両者がほどよく融合した境地を求めて。塚本の薫陶が小林の日常と素顔を潜ってさらにどのような花を咲かせるか、これからも期待して見守っていたい。

（「現代短歌新聞」99号、令和二年六月五日）

自由な時空移動
——歌集『九十九折』

五十嵐順子

若き学徒の日に、塚本邦雄に見出されたという歌人の第三歌集。

暑くなる気配を朝の境内に感じ偲べり真田幸村

賽銭が板すべりゆき闇に落つ補陀落《ふだらく》渡海僧の逝く闇

妹の部屋に忍びて万華鏡覗けば崩るるアッシャー館

住んでいる場所や、仕事（または失業）、妻や娘などを歌の「地」としながら、関心を抱く歴史上の人物（ここでは真田幸村）、旅により遡る歴史、現実の何かを入口として辿り着く映画や絵画や音楽の豊かな世界（例えば『アッシャー家の崩壊』）等、縦横に行き来する時空移動があり、詠われる場面、素材、詠法は違っても師塚本邦雄の作歌姿勢の影響を感じる。
　文体としては、

　送電線の向かうに夕暮どきがあり妻は花屋に立ち寄るといふ
　パンフレットラックと観葉植物の葉が擦れ合へり弥生の凮に
　アルプスの麓の村は寒し「死の舞踏」の絵へと人がむらがり

のような句またがり句割れを駆使した方法が、歌集の流れの中でアクセントとなっている。
　どうだ、私もこのように書いてきた、世に評価を問う、というよりは、あとがきに「塚本先生の御期待に、果たしてどこまで応えられたのか。それを思うと、はなはだ心もとなく情けなく、無念ですらある」と書く著者の謙虚さに好感を持つ。

　わが人生日向日陰と入れかはる九十九折ゆくバスに乗せられ

　表題となった一首。歌壇の論客でもある著者の峠も九十九折も、しかと越えてゆくであろう前途に期待する。

（「うた新聞」二〇二〇年一〇月号）

壮年の焦慮
――歌集『九十九折』

中川　昭

一九七〇年生まれ、知命を迎えた著者の第三歌集。全四章に区分された四〇六首を収める。生き難い不惑の年を生きる慨嘆が随所に見られるものの、時折のぞく妻子の歌が灯しのようにあたたかい。

わが人生日向日陰と入れかはる九十九折ゆくバスに乗せられ

バスの窓は日向と日陰を繰り返しながら九十九折を走行して行く。安穏と乗っていればいいはずのバスが幾度もいくども方向を変えながら目的地を目指して走る。紆余曲折の半生を反芻する壮年の焦慮がにじむ、集中秀眉の一首と言っていい。

送電線の向かうに夕暮どきがあり妻は花屋に立ち寄るといふ

暗闇を見ていたい作者と、明るく美しい花を買いたいその妻との微妙な不均衡さも、生活のリアリズムを基底にして静かに胸を打つが、失業時の妻子を詠んだ歌も味わい深い。

父の失業知らざるわが子満面の笑みにて迎ふパパおかへりと
しばらくはお金の心配いらないと妻はささやく子を寝かしつけ

塚本邦雄を師と慕い、大学に教鞭を執る身ではあっても、社会の雇用形態は著しく変化している。何事の修辞も加えない素の心であるだけに苦悩する作者の断面が痛々しい。

ロシア語に挫折せし日の曇天がふたたびよぎ

り『外套』しまふ
ガルシンを読みし歌人もゐると聞き温もりの
増すベランダの柵

落伍者の運命を描いた『外套』のゴーゴリも、『赤い花』を残した鬼才ガルシンも共にロシアの作家。ゴーゴリの現実生活の客観的描写法は本集に顕著であるが、「良心の作家」ガルシンに寄る心は少しあやうい。ガルシンが三十三歳の身を投げた建物の手すりを想起しているのが「ベランダの柵」なのであろうか。思えばゴーゴリもまた激しい苦悩の末に四十三歳の生涯を閉じている。

本書はまた夥しい数の作家やキリスト者、戦国の世の武将などが登場し、歴史に亡んだ者たちへの深い追懐を見せているが、『大菩薩峠』の机竜之助に寄せる思いは特に深い。虚無と盲目の剣士の行方は終に未完のままだが、この歌人の豁然たる明日の歌を信じて疑わない。

（「歌壇」二〇二〇年一一月号）

小林幹也歌集　現代短歌文庫第156回配本

2021年5月13日　初版発行

著　者　小　林　幹　也
発行者　田　村　雅　之
発行所　砂　子　屋　書　房
〒101-0047 東京都千代田区内神田3-4-7
電話　03−3256−4708
Fax　03−3256−4707
振替　00130−2−97631
http://www.sunagoya.com
装本・三嶋典東　落丁本・乱丁本はお取替いたします

現代短歌文庫

（　）は解説文の筆者

①三枝浩樹歌集
『朝の歌』全篇

②佐藤通雅歌集（細井剛）
『薄明の谷』全篇

③高野公彦歌集（河野裕子・坂井修一）
『汽水の光』全篇

④三枝昻之歌集（山中智恵子・小高賢）
『水の覇権』全篇

⑤阿木津英歌集（笠原伸夫・岡井隆）
『紫木蓮まで・風舌』全篇

⑥伊藤一彦歌集（塚本邦雄・岩田正）
『瞑鳥記』全篇

⑦小池光歌集（大辻隆弘・川野里子）
『バルサの翼』『廃駅』全篇

⑧石田比呂志歌集（玉城徹・岡井隆他）
『無用の歌』全篇

⑨永田和宏歌集（高安国世・吉川宏志）
『メビウスの地平』全篇

⑩河野裕子歌集（馬場あき子・坪内稔典他）
『森のやうに獣のやうに』『ひるがほ』全篇

⑪大島史洋歌集（田中佳宏・岡井隆）
『藍を走るべし』全篇

⑫雨宮雅子歌集（春日井建・田村雅之他）
『悲神』全篇

⑬稲葉京子歌集（松永伍一・水原紫苑）
『ガラスの檻』全篇

⑭時田則雄歌集（大金義昭・大塚陽子）
『北方論』全篇

⑮蒔田さくら子歌集（後藤直二・中地俊夫）
『森見ゆる窓』全篇

⑯大塚陽子歌集（伊藤一彦・菱川善夫）
『遠花火』『酔芙蓉』全篇

⑰百々登美子歌集（桶谷秀昭・原田禹雄）
『盲目木馬』全篇

⑱岡井隆歌集（加藤治郎・山田富士郎他）
『鵞卵亭』『人生の視える場所』全篇

⑲玉井清弘歌集（小高賢）
『久露』全篇

⑳小高賢歌集（馬場あき子・日高堯子他）
『耳の伝説』『家長』全篇

㉑佐竹彌生歌集（安永蕗子・馬場あき子他）
『天の螢』全篇

㉒太田一郎歌集（いいだもも・佐伯裕子他）
『墳』『蝕』『獵』全篇

現代短歌文庫

（　）は解説文の筆者

㉓春日真木子歌集（北沢郁子・田井安曇他）
『野菜涅槃図』全篇

㉔道浦母都子歌集（大原富枝・岡井隆）
『無援の抒情』『水憂』『ゆうすげ』全篇

㉕山中智恵子歌集（吉本隆明・塚本邦雄他）
『夢之記』全篇

㉖久々湊盈子歌集（小島ゆかり・樋口覚他）
『黒鍵』全篇

㉗藤原龍一郎歌集（小池光・三枝昂之他）
『夢みる頃を過ぎても』『東京哀傷歌』全篇

㉘花山多佳子歌集（永田和宏・小池光他）
『樹の下の椅子』『楕円の実』全篇

㉙佐伯裕子歌集（阿木津英・三枝昂之他）
『未完の手紙』全篇

㉚島田修三歌集（筒井康隆・塚本邦雄他）
『晴朗悲歌集』全篇

㉛河野愛子歌集（近藤芳美・中川佐和子他）
『黒羅』『夜は流れる』『光ある中に』（抄）他

㉜松坂弘歌集（塚本邦雄・由良琢郎他）
『春の雷鳴』全篇

㉝日高堯子歌集（佐伯裕子・玉井清弘他）
『野の扉』全篇

㉞沖ななも歌集（山下雅人・玉城徹他）
『衣裳哲学』『機知の足首』全篇

㉟続・小池光歌集（河野美砂子・小澤正邦）
『日々の思い出』『草の庭』全篇

㊱続・伊藤一彦歌集（築地正子・渡辺松男）
『青の風土記』『海号の歌』全篇

㊲北沢郁子歌集（森山晴美・富小路禎子）
『その人を知らず』を含む十五歌集抄

㊳栗木京子歌集（馬場あき子・永田和宏他）
『水惑星』『中庭』全篇

㊴外塚喬歌集（吉野昌夫・今井恵子他）
『喬木』全篇

㊵今野寿美歌集（藤井貞和・久々湊盈子他）
『世紀末の桃』全篇

㊶来嶋靖生歌集（篠弘・志垣澄幸他）
『笛』『雷』全篇

㊷三井修歌集（池田はるみ・沢口芙美他）
『砂の詩学』全篇

㊸田井安曇歌集（清水房雄・村永大和他）
『木や旗や魚らの夜に歌った歌』全篇

㊹森山晴美歌集（島田修二・水野昌雄他）
『グレコの唄』全篇

現代短歌文庫

（　）は解説文の筆者

㊺上野久雄歌集（吉川宏志・山田富士郎他）
『夕鮎』抄、『バラ園と鼻』抄他

㊻山本かね子歌集（蒔田さくら子・久々湊盈子他）
『ものどらま』を含む九歌集抄

㊼松平盟子歌集（米川千嘉子・坪内稔典他）
『青夜』『シュガー』全篇

㊽大辻隆弘歌集（小林久美子・中山明他）
『水廊』『抱擁韻』全篇

㊾秋山佐和子歌集（外塚喬・一ノ関忠人他）
『羊皮紙の花』全篇

㊿西勝洋一歌集（藤原龍一郎・大塚陽子他）
『コクトーの声』全篇

(51)青井史歌集（小高賢・玉井清弘他）
『月の食卓』全篇

(52)加藤治郎歌集（永田和宏・米川千嘉子他）
『昏睡のパラダイス』『ハレアカラ』全篇

(53)秋葉四郎歌集（今西幹一・香川哲三）
『極光—オーロラ』全篇

(54)奥村晃作歌集（穂村弘・小池光他）
『鴇色の足』全篇

(55)春日井建歌集（佐佐木幸綱・浅井愼平他）
『友の書』全篇

(56)小中英之歌集（岡井隆・山中智恵子他）
『わがからんどりえ』『翼鏡』全篇

(57)山田富士郎歌集（島田幸典・小池光他）
『アビー・ロードを夢みて』『羚羊譚』全篇

(58)続・永田和宏歌集（岡井隆・河野裕子他）
『華氏』『饗庭』全篇

(59)坂井修一歌集（伊藤一彦・谷岡亜紀他）
『群青層』『スピリチュアル』全篇

(60)尾崎左永子歌集（伊藤一彦・栗木京子他）
『彩紅帖』全篇『さるびあ街』（抄）他

(61)続・尾崎左永子歌集（篠弘・大辻隆弘他）
『春雪ふたたび』『星座空間』全篇

(62)続・花山多佳子歌集（なみの亜子）
『草舟』『空合』全篇

(63)山埜井喜美枝歌集（菱川善夫・花山多佳子他）
『はらりさん』全篇

(64)久我田鶴子歌集（高野公彦・小守有里他）
『転生前夜』全篇

(65)続々・小池光歌集
『時のめぐりに』『滴滴集』全篇

(66)田谷鋭歌集（安立スハル・宮英子他）
『水晶の座』全篇

現代短歌文庫

（　）は解説文の筆者

67 今井恵子歌集（佐伯裕子・内藤明他）
『分散和音』全篇

68 続・時田則雄歌集（栗木京子・大金義昭）
『夢のつづき』『ペルシュロン』全篇

69 辺見じゅん歌集（馬場あき子・飯田龍太他）
『水祭りの桟橋』『闇の祝祭』全篇

70 続・河野裕子歌集
『家』全篇、『体力』『歩く』抄

71 続・石田比呂志歌集
『孑孑』『忘八』『涙壺』『老猿』『春灯』抄

72 志垣澄幸歌集（佐藤通雅・佐佐木幸綱）
『空壜のある風景』全篇

73 古谷智子歌集（来嶋靖生・小高賢他）
『神の痛みの神学のオブリガード』全篇

74 大河原惇行歌集（田井安曇・玉城徹他）
未刊歌集『昼の花火』全篇

75 前川緑歌集（保田與重郎）
『みどり抄』全篇、『麥穂』抄

76 小柳素子歌集（来嶋靖生・小高賢他）
『獅子の眼』全篇

77 浜名理香歌集（小池光・河野裕子）
『月兎』全篇

78 五所美子歌集（北尾勲・島田幸典他）
『天姥』全篇

79 沢口芙美歌集（武川忠一・鈴木竹志他）
『フェベ』全篇

80 中川佐和子歌集（内藤明・藤原龍一郎他）
『霧笛橋』全篇

81 斎藤すみ子歌集（菱川善夫・今野寿美他）
『遊楽』全篇

82 長澤ちづ歌集（大島史洋・須藤若江他）
『海の角笛』全篇

83 池本一郎歌集（森山晴美・花山多佳子）
『未明の翼』全篇

84 小林幸子歌集（小中英之・小池光他）
『枇杷のひかり』全篇

85 佐波洋子歌集（馬場あき子・小池光他）
『光をわけて』全篇

86 続・三枝浩樹歌集（雨宮雅子・里見佳保他）
『みどりの揺籃』『歩行者』全篇

87 続・久々湊盈子歌集（小林幸子・吉川宏志他）
『あらばしり』『鬼龍子』全篇

88 千々和久幸歌集（山本哲也・後藤直二他）
『火時計』全篇

現代短歌文庫

（　）は解説文の筆者

89 田村広志歌集（渡辺幸一・前登志夫他）
『島山』全篇

90 入野早代子歌集（春日井建・栗木京子他）
『花凪』全篇

91 米川千嘉子歌集（日高堯子・川野里子他）
『夏空の櫂』『一夏』全篇

92 続・米川千嘉子歌集（栗木京子・馬場あき子他）
『たましひに着る服なくて』『一葉の井戸』全篇

93 桑原正紀歌集（吉川宏志・木畑紀子他）
『妻へ。千年待たむ』全篇

94 稲葉峯子歌集（岡井隆・美濃和哥他）
『杉並まで』全篇

95 松平修文歌集（小池光・加藤英彦他）
『水村』全篇

96 米口實歌集（大辻隆弘・中津昌子他）
『ソシュールの春』全篇

97 落合けい子歌集（栗木京子・香川ヒサ他）
『じゃがいもの歌』全篇

98 上村典子歌集（武川忠一・小池光他）
『草上のカヌー』全篇

99 三井ゆき歌集（山田富士郎・遠山景一他）
『能登往還』全篇

100 佐佐木幸綱歌集（伊藤一彦・谷岡亜紀他）
『アニマ』全篇

101 西村美佐子歌集（坂野信彦・黒瀬珂瀾他）
『猫の舌』全篇

102 綾部光芳歌集（小池光・大西民子他）
『水晶の馬』『希望園』全篇

103 金子貞雄歌集（津川洋三・大河原惇行他）
『邑城の歌が聞こえる』全篇

104 続・藤原龍一郎歌集（栗木京子・香川ヒサ他）
『嘆きの花園』『19××』全篇

105 遠役らく子歌集（中野菊夫・水野昌雄他）
『白馬』全篇

106 小黒世茂歌集（山中智恵子・古橋信孝他）
『猿女』全篇

107 光本恵子歌集（疋田和男・水野昌雄）
『薄氷』全篇

108 雁部貞夫歌集（堺桜子・本多稜）
『崑崙行』抄

109 中根誠歌集（来嶋靖生・大島史洋雄他）
『境界』全篇

110 小島ゆかり歌集（山下雅人・坂井修一他）
『希望』全篇

現代短歌文庫

（　）は解説文の筆者

111 木村雅子歌集（来嶋靖生・小島ゆかり他）
『星のかけら』全篇

112 藤井常世歌集（菱川善夫・森山晴美他）
『氷の貌』全篇

113 続々・河野裕子歌集
『季の栞』『庭』全篇

114 大野道夫歌集（佐佐木幸綱・田中綾他）
『春吾秋蟬』全篇

115 池田はるみ歌集（岡井隆・林和清他）
『妣が国大阪』全篇

116 続・三井修歌集（中津昌子・柳宣宏他）
『風紋の島』全篇

117 王紅花歌集（福島泰樹・加藤英彦他）
『夏暦』全篇

118 春日いづみ歌集（三枝昂之・栗木京子他）
『アダムの肌色』全篇

119 桜井登世子歌集（小高賢・小池光他）
『夏の落葉』全篇

120 小見山輝歌集（山田富士郎・渡辺護他）
『春傷歌』全篇

121 源陽子歌集（小池光・黒木三千代他）
『透過光線』全篇

122 中野昭子歌集（花山多佳子・香川ヒサ他）
『草の海』全篇

123 有沢螢歌集（小池光・斉藤斎藤他）
『ありすの杜へ』全篇

124 森岡貞香歌集
『白蛾』『珊瑚數珠』『百乳文』全篇

125 桜川冴子歌集（小島ゆかり・栗木京子他）
『月人壮子』全篇

126 柴田典昭歌集（小笠原和幸・井野佐登他）
『樹下逍遙』全篇

127 続・森岡貞香歌集
『黛樹』『夏至』『敷妙』全篇

128 角倉羊子歌集（小池光・小島ゆかり）
『テレマンの笛』全篇

129 前川佐重郎歌集（喜多弘樹・松平修文他）
『彗星紀』全篇

130 続・坂井修一歌集（栗木京子・内藤明他）
『ラビュリントスの日々』『ジャックの種子』全篇

131 新選・小池光歌集
『静物』『山鳩集』全篇

132 尾崎まゆみ歌集（馬場あき子・岡井隆他）
『微熱海域』『真珠鎖骨』全篇

現代短歌文庫

（　）は解説文の筆者

現代短歌文庫

（　）は解説文の筆者

（以下続刊）

水原紫苑歌集　　篠弘歌集

馬場あき子歌集　　黒木三千代歌集